学生たちの牧歌
1967-1968

中村桂子小説集

幻戯書房

目次

装　丁　真田幸治

中村桂子小説集

学生たちの牧歌 1967-1968

どしゃ降り

名も知らない黒い虫が、カタカタと歩いていた。それはなんの躊躇もなく、机の上に落としたパンくずめがけて進んでくる。なんだか意地悪をしてみたくなって、わたしは持っていた鉛筆を乱暴に虫の前へ放り出した。小さな虫はちょっと驚いて立ち止まったが、すぐに平然と鉛筆をよけてパンくずに近づいてきた。

（なぜ動いているの？　本能なの？　どうして？）

黒い虫は歩みをやめない。いかにも自信に満ちた態度で、黙々と動いている。

（人間の言葉がわかるくせに、わざと黙っているんでしょう？）

わたしはふと、もしかしたら、あと数万年くらいのちに、人間が想像もできないような絶対的な幸福が待っていて、虫はそれを知っているから、あんなにせっせと種族保存を続けているのかしらと思った。

（人間は、生じっか考えることを知ったばかりに、その目的を忘れてしまったのかもしれない。何も言わないで息を殺して、この虫のあとをカタカタとついて行ったら、その秘密を教えてくれないかしら。涙を流して、一生懸命に頼んでみれば……）

（それとも……ただ生きているだけなのかしら？　なぜ？　なんて考えること自体無意味なのかしら？　意味のないことがこの世にはたくさん、ちゃんと存在しているのかもしれない……）

わたしはそんな自分の思いに奇妙な焦りを覚えた。それでは困るのだ。わたしはまだ自分の存在に理由をつけたい年頃だったのかもしれない。だから慌てて、

「わたしも変わった。これもみんなアイツのせいだ」

などとつぶやいてみたりした。

十七歳のわたしにも、恋の経験ぐらいあった。わたしは元来かなり惚れっぽいたちだったが、学生活動家だった大友史郎《しろう》に対する気持は、それとかなり違っていた。まさに彼のためなら、女のすべてをかけても、すべてをささげても悔いがないと、小娘にしては悲壮なほどに思いつめた《恋》だった。あの時に出した情熱を、また再びほかの異性に対して抱くことができるかどうかは疑問だった。でも今、わたしが心の中に抱いている大友史郎という人間は、自分が勝手につくった虚像でしかないことも、よくわかっていた。

それなのに、どうしてあんなことに？　夢ならばいいのにと思った。いつも動いてしまってからそのあとで、あれこれと自身の行動を定義づけしている自分が、おかしかった。

（やはり、わたしはあの人に今も恋しているんだ）

黒い虫もパンくずも、いつの間にか机の上から姿を消していた。

白い煙が、スゥーと上がっていく。

(わたしも煙草をふかす人と、話をするようになった……)

知らない内に、いつの間にか他人はわたしを大人扱いにしている。ふと寂しくなってきて、わたしは黙り込んだ。正面にある赤い照明が、今にも消えそうに瞬いている。長い沈黙が続いた。

(一人で考えるのはもう無理。今に爆発する。黙っていることに耐えられなくなるわ。一人で考えるのは危険だわ。良い悪いの簡単な判断さえわからなくなってしまうもの)

急に正面の赤いランプがプツリと切れた。

(やはり話してしまおう)

わたしは警戒しながら口を開いた。

「信じてもいい?」

亀田は、三本目の煙草に火をつけ、ゆっくりと大きく吸い込んだ。

「信じるか信じないかは、狩野《かの》さんの決めることだ。信じられると思ったら話せばいいだろう?」

わたしは驚いてしげしげと亀田の顔を覗き込んだ。澄んだ強い目が頼もしくうつった。わたしは亀田のそのひと言にすっかり感心してしまい、それが彼の作戦だと考えてみることもしないで、初めに話す予定だった以外のことまで、堰を切ったように話しだした。

「大友君に惹かれたのではなくて、大友君の思想に惹かれたんじゃないの?」

そう言って亀田はちょっと首を傾げて見せた。わたしは驚いて顔をあげ、そして慌てて激しく首を振った。そんな馬鹿な。わたしは亀田をにらみつけた。

(大友さんとわたしの思想は決して相容れないものだということくらい、わたしにはずっと前からわかっていた。それでもわたしはもう一度あの人を理解したかった。あの人の知らない場所で、たとえ理解できなくても、努力だけでもしていたかった。リーダーとしての資質と確固たる理論をちゃんと備えていながら、でも一面、純粋で人間的なしなやかさを持っていたあの人に、全身で恋をしていたんだもの。加盟の理由はそれだけだわ。大友さんが生きることのすべてを賭けていた思想が、それに値するか否か、いえ、わたしの恋が真の恋だったのかどうか……ああ違う。やはりわたしは、学生運動そのものに、強烈に魅惑されたのかもしれない)

わたしは、今度は意識して亀田の視線を捕まえた、

(この人は、大友さんに嫉妬しているのかしら)

今、重大な岐路の指針を得ようとしているわたしは、亀田の前でさえそんなことを考えていた。

「あやふやな態度でこのまま続けることは、狩野さんのためにも彼らのためにもよくないことだよ。中に入り込んでしまうと、君がなくなってしまうんだ」

その言葉を聞いたとたんわたしには、自分の考えはもうとっくに決まっていたのではないかと思えてきた。わたしはただ気休めが欲しかっただけなのかもしれない。煙草を吸いながら亀田は

煙そうに目を細めた。わたしはそんな大学生の亀田の中に男を感じて、ゾクリと身震いをした。

「でも、みんな本当にいい人なのよ。本物の労働者だわ、わたしみたいなお面を誰もかぶっていないの」

わたしには、とりあえずなんでもかんでも反対意見を出してみる癖があった。それは紛れもなく大友史郎との議論で培われたものだ。

「いい人だからなんなの？　いい人だけでは駄目なんだよ」

「あの人たちの意見には、一つ一つ反対なの。だから一つ一つ反論しているのよ」

「そうやっている内に、だんだんと君の考えは組織に取り込まれてしまうんだ」

わたしは下唇を強く噛んで、俯《うつむ》いた。思い当たることがある。確かに認めざるをえなかった。

「俺にはよくわからないけれど」

だが亀田の口調には強い確信のようなものがみられた。辺りに立ち込めた煙草の煙の中で、亀田はじっと考えごとをするように、斜め上を見つめた。

「愛っていうものは、相手の愛しているものまでを愛し、信じているものまでを信じることなのかな」

花模様のハンカチを、広げたり、たたんだりしていたわたしの手が、はっと止まった。亀田との間に、ある張りつめた時があった。それはほんの数秒の長さだったが、わたしにはとてつもなく純化された深い時間のように思えた。次第にわたしの全身に、ほとんど快感に近い喜びのようなものが突きあげてきた。そして直感的に、亀田の言うことなら間違いはないといった、盲目的とも言える考えに支配されはじめた。亀田になら安心して、すべてを任せられると思った。

「やはり、辞めた方がいいのかしら？　でも、なんて言えばいいの？　怖いわ」

そう言ってしまってから、わたしは自分の声が妙に女の子ぶった響きを持っていることに気がついた。ひどく自分の自尊心が傷つけられたような気がして、わたしは苛立った。

「恐れ入りますが、辞めさせていただきます。とでも言うんだね」

亀田は煙草の火をやや乱暴にもみ消すと、急に声の調子を崩して、おどけてそう言った。

「じゃあ、俺、これからバイトなんだ」

亀田はまるでわたしを突き放すように立ち去っていった。でもわたしには亀田の大きさと優しさがよくわかった。もっと強くなれ。一人で立つんだ。そんな無言の忠告が嬉しかった。わたしはいつまでもそこから立ちあがろうとしないで、再び灯《とも》った赤いランプをじっと見つめていた。

（わたしは亀田さんの話術に引っかかったのかもしれない）

それでもいいと思った。亀田に話す寸前までわたしは大学受験を理由に休会しようと思ってはいたが、脱会までは考えていなかったのだ。自分たちの益になることを正義と称し、害になることを徹底的にぶち壊そうとする組織にわたしはとてもついていけなかったし、一片の愛着すら抱いてはいなかった。でもわたしは、まだまだ社会主義そのものに対して、好奇心を感じていたし、間接的には史郎への執着が根強く残っていた。そしてそれ以上に、一人では徹底的に自分に厳しくなれないという性格が、わたしの態度を中途半端なものにしていたのだ。でもそんなことを考えていたのは、ほんのわずかの間で、わたしの頭の中は、すぐに亀田の声と、煙そうにしかめたちょっと性的とも言える顔に占領されていた。

電気洗濯機に電気釜。レースのカーテンにステレオ。夥《おびただ》しいレコード。ロシア民謡のメロディー。わたしには信じられなかった。でも社会主義者に対する自分のイメージがひと昔前のものだと知るには、T班キャップの部屋を見るだけで充分だった。

「暑くなったねえ」

「ええ」

「………高校は面白い?」

「ええ、まあ」

「期末試験は終わったの?」

「ええ」

話は少しも進まなかった。決して話し上手とは言えない白須を、わたしは不思議な気持でぼんやりと眺めていた。史郎も、史郎の友人も、およそわたしの知っている革命家の卵は皆雄弁でひたむきで、楽天家だった。

「わたし………あのう………」

次の言葉を一気に言うつもりだったのに、さすがに息が詰まった。

「………わたし脱会したいんです」

「えっ？」

白須は聞き取れなかったように眉をひそめた。

「脱会させていただきます」

今度ははっきりと、きっぱり言った。それだけで帰ってくるつもりだったが、そうはいかなかった。

「なぜ？　何かあったの？」

白須の顔には優しい笑みが浮かんだ。

(何かののしってくれたら、どんなに救われるだろう。憎悪の目で睨んでくれたら、どんなにさっぱりするだろう)

わたしは祈るような気持でそう願った。それなのに白須は笑顔を絶やさない。そんな彼をわたしは不純だと思った。白須が親切にすればするほど、明るければ明るいほど、わたしは憂鬱な、顔が強張ってしまうような気持にさせられた。少しの妥協も許さず、思想の中間を認めず、脱会者は裏切り者だ、敵だと言い切ったことのあった史郎。わたしはその強さに惹かれながら反発し、反発しながら惹かれていた。白須と話していると、わたしの心の中には史郎の強烈さが、ひしひしと再び戻ってくるのだった。史郎に会いたい。彼の声を、彼の自信にあふれたあの口調を聞きたいという、泣きだしたいほどの思いが、猛烈に湧きあがってきた。史郎のあの憎らしいほどよく輝く目を、彼のあのさわやかな笑顔を、今すぐこの目で見たいという欲求で、大きなため息がもれるほどだった。

(わたしって、よほど鈍感なのかしら?)

なぜか二年も経って、やっと心から史郎を愛していることに気づいたような気がした。

「学校か家庭から何か言われたの?」

(ああ、この人たちの考えることは、そんなことでしかないのだ)

わたしは白須に失望した。外部の力に動かされたのではないかと思われたことが悔しかった。

そしてその瞬間にわたしは、自分の心を白須にわかってもらうことは不可能だと思い込んでしまった。

「あっ、ちょっと、狩野さん、狩野涼子さん!」

乱暴に閉めたドアの音で、わたしはきっぱりと区切りをつけた。

(人間というものは、きっといくつかの種類に分類できるものなんだわ。自分に合ったところに入っていない人たちは、その中で何もできやしないのよ。それは宿命だわ)

わたしの口からほっとため息がもれた。

『君は自分が好きかい?』

わたしは亀田の言葉を思い出した。

『ええ、大好きよ』

『それはいいことだね。でもさ、自分が好きだと、自分に甘くなったり、弱くなったりする危険もあるんだよね』

でも、今は何も考えまいと思った。そしてまるで未来が再び帰って来たような気分をつくりながら、真っすぐに前だけを見つめて、ただ我武者羅《がむしゃら》に歩いた。


それから何日も何日も、空白状態が続いた。時の流れに、ただ無抵抗に押し流されているといった、やりきれない毎日だった。

（大地震でも起こらないかなあ。それとも盲腸で入院したい。熱が四十度以上出るのも悪くない。学校が火事になって燃えちゃったっていい。それとも、いっそうのこと、誰でもいいから死んでくれないかしら）

なんとも言えない、重々しい空虚さから、なんとか脱け出したい。逃れたい。このままでは自分が駄目になる。そんな不安な気持で、わたしは机の上にパンくずをばらまき、虫がやって来るのを、長いこと待っていた。

考えれば考えるほど、わたしには社会というものが信用できなくなる。政党もマスコミも宗教も、社会の中に動いているあらゆる事物には、どうも裏があるような気がするのだ。そしてその一つ一つを、見極めることができないから、わたしはその中のどれにもひたりきれなくてオロオロしている。どれが正しくどれが誤りなのかさえ、さっぱりわからない。

(何かが間違っている。今の世の中はどうもおかしい。どこかが狂っている)

そう心の中で叫んでみても、理論的裏づけがない限り、相手にもされない。その上、絶対的に信用できるものもない代わりに、絶対的に否定し、嫌悪できるものさえもないのだ。求めているものが、その中間にあるのか、それともまったく本道とははずれたところにあるのか、それさえもわからない。どちらかに決めろと言われたら、わたしはきっと泣きだしてしまうだろう。

黒い虫は、とうとうやって来なかった。


ある日突然にわたしは、空白状態から解放された。でもその幕切れはわたしにとってあまり気分の良いものではなかった。

「涼子、聞いた？　生徒会発行の〈稲穂〉にあなたの小説が掲載されなかったいきさつ」

何度も寝返りを打ちながら、わたしは興奮して語ってくれた新聞部員のとも子の言葉を、頭の中で繰り返していた。

「学生活動家を扱っていること自体、いけなかったらしいの。先生は理由も示さずにこれは載せるなと言ったそうよ。生徒会も少しは抵抗したらしいけれど、学校側はぜんぜん受け付けなかったんですって。文芸部顧問の原先生が、別に問題はないと思うと言ったら、生徒会顧問の先生が、もし載せるなら、顧問を辞めるとかなんとか言いだして、結局載らなかったそうよ」

あの時は、やはりと思っただけだった。でも今、こうして暗い空間を睨んでいると、腹の底からグイッ、グイッと、機関銃みたいなものが突きあげてきて、胃が破れてしまいそうなほど、怒りを感じた。その怒りは学校や教師に対する怒りだけではない。もっと大きな、もっと不気味な社会に対する怒りだった。「稲穂」に出した作品「六畳間の主」は、確かに学生運動の活動家を主人公にしてはいるが、決してプロレタリアの機関的文学ではないと、確信を持って言えたし、何人かの友人もそれを認めてくれていた。目に入るものすべてをひっつかんで、思いっきりぶち壊してしまいたいような怒りを感じて、わたしはなかなか寝つかれなかった。

社会主義を頭から悪だと決めつけている人が、この日本には多すぎる。社会主義に対して臆病な人がこの日本には多すぎる。そんな人間を見ると、わたしは彼らに腹が立つ。そしてその中で闘っている社会主義者に対して、思わず手を貸したくなる。卑怯者になりたくないと思う。でもそんな彼らに親しみと愛情さえ感じていながら、組織の服従物となり、自分自身というものをほとんど持っていない彼らに反抗せずにいられないのだ。組織という魔物に、生理的嫌悪さえ感じるのだ。

一方でわたしは、組織やその団結というものに、ある種のあこがれを抱いていた。共同の仕事をして苦労を分かちあい、歓びを感じあっている人たちには、何か、外の者が近寄り難いような、厳しくも美しいチームワークというものがある。だから大友史郎を真に理解するには、彼が自分のすべてをかけている団体の同志になる必要があると、考えたのだ。

（そして、あの人をあんなに強くしていたものも、やはりあの人の背後にあった組織なのかもしれない。二人は、いつまで待っても平行線……）

　その時ふとわたしは、どうしても思い出せなかった大友史郎の声を聞いたような気がした。

『僕の考えていることは、一つしかない』

『どうしても気の合わない人間って、いるもんだね』

　ああ、大友史郎。なんていい名前だろうと思った。

「大友史郎。大友史郎。大友史郎……」

　今度は口の中で、ぶつぶつとお経みたいに唱えてみた。なんてゴロのいい名前だろうと思った。するとなぜか急に悲しくなってきて、わたしは蒲団を頭まですっぽりかぶった。頭の血が、ドクドクと音をたてて流れているのがわかった。

（営利や組織や権力に動かされないで、悪いものは悪い、正しいものは正しいと、はっきり言い切ることは不可能なのかしら。いったいみんなどうしちゃったの？　正義なんてどこにあるの？）

　でも、傍観者は何も考えず、何もしない人間と同じなのだ。今の世の中では、結果だけが重要視されるのだから。

「一緒に破滅する……一緒に破滅する……」

朝目覚めた時、わたしは無意識にそんな言葉を繰り返していた。夢を見ていたらしいが、いくら考えてもどんな夢だったかどうしても思い出せなかった。わたしはイライラしながら、部屋の中を歩き回ってみたりした。でもそうして焦れば焦るほど、夢の内容は意識から次第に遠ざかっていってしまった。

「誰と一緒に破滅するのかしら」

小説の読みすぎかもしれないと思った。鏡を覗いた。目が腫れぼったい。決して調子のいい顔ではなかった。どうも嫌な予感がして、外出する気にもなれず、わたしは日曜日をボンヤリと家の中で過ごしていた。

「ごめんください。狩野涼子さんいらっしゃいますか?」

そら来た、と思った。わたしにはそんな嫌な確信があったのだ。いつもの笑顔をつくって、小柄な白須が玄関に立っていた。

(何よ。今さら——)

しかしわたしもまた笑顔で迎えた。

「ちょっと外を歩きましょうか?」

家から一分ほどのところに、小さな神社がある。その高台へ登るとわたしの住んでいる町が一望できた。日本の軍国主義化云々、アメリカの核実験云々、警察云々。そういった話になると、白須の頬はいくらか紅潮し、まるで人が変わったように雄弁になるのだ。彼は脱会を宣言したわたしに対して、批判めいたことなど何も言わない。わたしが反対意見を述べれば驚くほど根気良く、答えを出そうとするのだ。それが必ずしも納得できるものでないにしても、その誠実さには、感服せずにいられなかった。

「あなた方のは、一種の信仰ではないんですか？　この日本に、本当に革命が起きると信じているんですか？　みんな楽しそうに、ああやって動いているのに、どうしようもないでしょう？」

わたしは活気に満ちた街を見つめながら、いくらか感情的にそう言った。

国民の不満と不信感を受けるに充分な現代社会。かと言って、革命が起きるほど不安でもない社会。青年は自らの怒りをぶつける術を知らず虚無的となり、大人はささやかな幸福にしがみつき、マスコミは中庸にこだわって臆病となり、芸術家は芸術至上主義を唱えて内に閉じ籠《こも》ってしまう。

「少なくとも日本においてわたしは社会主義の可能性を信じていません」

「でもこのままでいいのかい？」

「……このままマルクスよりもっと偉大な思想家の出現を待ちましょうか？」

わたしの投げやりな発言に、白須はニヤリと笑った。

「風邪を引くよ。帰ろうか？」

どうやら北風に変わったらしい。瞬間的に舞いあがる砂埃に、慌ててスカートを押さえる女を見下ろしながら、わたしは黙ってうなずいた。でも心の中には、自分自身に対して、そして白須の優しさに対して、なんとも言えない怒りがわいてきた。日本の国に社会主義なるものが根をおろしてから、いったいどれだけ多くの女たちが男の愛を媒介にして、マルクス主義を知ってきたことか。そしてその中の多くの女は、愛や恋を成就させるために主義と妥協してきたのかもしれない。愛や恋だけではない。地方から都会へ出てきて、寂しくてたまらない人間が、社会主義団体のはっきりとした理念と、団員の優しさに触れて、心を動かされることだってあるかもしれない。現代社会に対する猛烈な反発と不信感。それだけで社会主義に傾倒する人間だっているだろう。甲は悪い。自分は甲に反対だ。乙は甲に反対している。だから自分は乙に共鳴しよう。そんな単純な論法が、現に成立しているのだ。白須を引き離して、どんどん歩きだしていたわたしの心の中に、ふと意地悪な思いがわきあがった。そんな自分の余裕にちょっと驚きながらも、一方で満足もした。

（大友さんと白須さんとの間に、何か相違点を見つけなければいけない）

わたしは相当思いあがっていた。少し技巧的に立ちどまり、白須が追いつくのを待ってから、わざと何気なく言った。

「なぜわたしのこと、裏切り者とか卑怯者って言わないんですか？」

「どうして？」

「不思議だから」

さすがにあなたを試しているのです、とは言えなかった。

「卑怯なのと主義を理解していないのとは違うよ」

白須の答えだった。

（まさか、白須さんがそこまでわたしの考えを未熟だと思っているとは……）

でもそのひと言で、わたしの意地悪な思いは、簡単に握りつぶされてしまった。

「明日、A会館で高校生の集会があるんだけど、来てみないか？　A会館って知ってる？」

大友史郎が初めてわたしを革命映画に誘ってくれた会館。そして、帰りに入った喫茶店で『好きだ』とぶっきらぼうに言ってくれたあの日。どうして忘れることができよう。

「ええ、よく知っています」

これが白須に対してわたしの言えた最大限の皮肉だった。

「行けたら行きます」

もちろん行くつもりなどないくせに、わたしは曖昧にそう言ってしまい、そしてあとで、そんな自分に対して言い知れぬ嫌悪感を抱いた。


いつもの喫茶店に、亀田はぼんやりと座っていた。すべてに疲れきったような、ぶっきらぼうな、それでいてなお、何かを求めているような複雑な表情で、彼はわたしを見ていた。そんな異性の翳りのような表情に出会うと、いつもたまらなく心をかき乱され、何かをしてあげなければ、いや何かをしてあげたいと、一人で興奮してしまうのだった。

わたしには自分でもどうにもならない大友史郎という存在があるくせに、すぐちょっとしたことで異性を好きになってしまうところがあった。好きというよりは、感動してしまうのかもしれない。

「好奇心プラス感動プラス同情プラスアルファだな」

以前亀田にそんなことを言われて苦笑したものだ。

団体を脱会したこと、白須が訪ねてきたことを、わたしが途切れ途切れ話す間、亀田は無言で、妙に煙草ばかりをふかしていた。

「君には、まだ主義というものがわかっていないんだよ」

わたしが話し終わると、亀田はポツンとそう言って、どこを見ているのかわからないような目で遠くに視線をやった。わたしが彼のそのひと言に、どれだけショックを受けたか、まるで無頓着な表情だった。

(そうかもしれない。白須さんの言葉は正しかったのかもしれない)

亀田と白須の言葉の一致が、偶然だとはさすがに思えなかった。わたしはきっと亀田を、そこまで信じきっていたのだ。

「女は駄目だなって言いたいんでしょう?」

そう言ってしまってから、そんな言葉でこの話に決着をつけるのはいけないと思った。亀田の目の中に微《かす》かな笑いが横切った。立てたグレーのジャケットの襟もとに、寂し気な雰囲気が漂っていて、それが直接わたしの肉体にまで伝わってくるような気がした。わたしはいくらか動揺しながら、できるだけ冷静な眼差しで亀田を眺めた。

「でも、確かに甘かったわね」

そう言ってしまったとたん、わたしの脳裏には〝否〟という強固な反応が返ってきた。

（わたしはとにかく、全身でぶつかったのだ。真剣だったのだ。他人がなんと言おうと、やれるだけのことはやったんだ。そして敗北してしまった。決して甘くなどなかったわ）

「そうでもないよ」

突然、目の前のコーヒーカップが大きな音を立てて倒れた。わたしは反射的に立ちあがり、バッグから不器用に花模様のハンカチを引っ張り出した。みるみる内にハンカチは褐色の液体を吸い、変色してきた。店の人がフキンを持って飛んでくる。覗き込む客の顔。

なぜこんなに動揺したのだろう。スカートに散った染みを拭きながら、ふと目をあげると、亀田が笑いながら火のついた煙草を眺め回していた。

「いやね」

こらえきれないおかしさが込みあげてきて、わたしは思わず声を出して笑った。

疲れて居眠りを始める会社員。脂ぎった顔を真っ赤にして、ふらふらと酔いながら、大声で他愛のない話をしている男たち。隅の方で顔を寄せて、小声で語りあっている恋人たち。電車のドアの前に一人立って、街の明かりを見ている少女は……わたし。電車は人も少なくなった夜の駅へ入る。わたしの五感はなんの刺激も受けなかったのに、心臓だけが、ドキンと大きく鳴った。ドアが開く。自分の目で見る以前に、わたしにはわかった。わたしの啞然とした目が、はっきりと澄んだ鋭い目とぶつかった。二人とも何も言わなかった。目と目でうなずきあっただけだった。でもわたしはそれだけでは信じられなかった。何かしら形が欲しいと思った。

「仕事、忙しいですか？」

「うん。組合の書記になったんだ。学校に出る暇がなくて弱っちゃうよ」

大友史郎は夜間大学の二年生だった。史郎の目は、人と話す時でさえ、はるか遠くをはっきり見つめている。

「大学へ行くの？」

「ええ、そのつもり……」

史郎の胸は広く、逞《たくま》しかった。これが正真正銘、労働者の胸なんだ。この胸に顔を埋《うず》めて心臓の音を聞いてみたいとわたしは思った。

二年前の爽やかさも、力強さも、およそわたしが強く惹かれていた要素は、今もなお失われていなかった。それどころか、二年前よりもさらに大友史郎という人間が、今、わたしの心をかき乱している。史郎のその姿を胸の中に、しっかりと焼き付けておきたい、刻み付けておきたいと思った。

（二年間も恋焦がれてきた人が、今ここに、わたしの目の前に、こうして立っているんだ）

でも、史郎の声の調子は決して乱れない。

「これ、僕たちがつくっている新聞なんだ。読んでみる？　あげるよ」

史郎は決して〝僕〟と言わない。必ず〝たち〟と付け加えるのだ。四面のタブロイド。十四字の大きな活字。わたしはチラリと新聞に視線を落としてみたが、もちろん頭になど入るわけがない。ただ心の中で、駅へ着かないように、駅へ着かないようにと祈っているだけだった。

（男なんて、世界に何十億といるのに、そのたった一人になぜこれほど心を傾け、悩まなければならないんだろう）

などと思いながらも、今は史郎への思いが、わたしのすべてだった。

（こんなに愛しているのに……）

何か無性に悲しくなって、史郎の広い胸ばかりを見つめていた。白いシャツがぼんやりと霞んで見えた。史郎は表情を変えない。相変わらず、はるかかなたに視線をやっている。

（あなたにとって、もうわたしは必要ないのね。あなたは一人で歩いていけるのね）

史郎はわたしを見ようともしない。

（何を考えているの？　何か言って）

史郎も何かを考えているはずだ。少なくとも二年前、わたしたちは心を通いあわせたことがあったのだから。でも、二人とも何も言わない。

長い沈黙のあと、突然史郎が小さな声で言った。

「まだ詩を書いている？」

わたしは慌てて笑顔をつくり、そしてうなずいた。

「俺、駄目だな。書けなくなった……」

そう言って史郎は初めてわたしを見下ろし、爽やかな笑顔を見せた。

（この笑顔が欲しい。誰にもあげたくない）

わたしは完全に酔っていた。

（この人にとって愛だの恋だのは、「主義」の前で二の次なのだ。妥協のない、思いやりのない、単純な、共産主義しか信じていない、そんなこの人を、わたしはこんなに愛しているんだ）

もしわたしが女である前に人間でありたいなどと思わなかったら、もし男に包括されたいと願う前に、自分自身でありたいと欲しなかったら、わたしは史郎の「主義」と妥協し、史郎の胸の中へ飛び込んでいたかもしれない……。

今のわたしにとって最大の恐怖がついにやって来た。電車の速度は次第に弱まり、最後にガタンと小さな振動を残して止まった。

（待って。行かないで……）

わたしの眼は、飢えた狼と追いつめられた兎を混ぜ合わせたように血走っていたに違いない。

二人の眼が再びぶつかった。わたしは必死になって史郎の眼の中に何かを読み取ろうとした。彼の眼の中には、確かに意味があった。でもそれがなんだかわからない内にドアが開いた。

「じゃあ」

（一緒に降りるなら今だ！　降りようか？　どうする！　涼子！）

しかしドアは閉まった。史郎は一度も振り向かずに、わたしの視界から消えた。

（あの人には明日がある。あの人には信じられるものがある。あの人には信念がある。あの人には同志がいる。あの人には情熱がある……）

力強い史郎のうしろ姿に、わたしは大きな羨望を感じた。

（なんでもいい。わたしも何かを盲目的に信じてしまいさえすれば、この不安定なたまらない気持から解放されるかもしれない）

胸が締めつけられるように痛くなってきて、涙があふれそうになった。狭い電車の中で、わたしは必死になって心のやり場を探した。

人家の明かりが、あちこちで穏やかに瞬いている。わたしは車窓に顔を埋めて、その光を一生懸命に数えだした。

（一つ、二つ、三つ……四つ、五つ……五つ、六つ、七つ……）

どしゃ降りの気持だった。

厄年

どうやらまた始まったようだ。これはいつもなんの前触れもなく、まったく突然にやって来るのだ。それともひょっとしたらわたし自身さえ気づかないような小さなきっかけが、潜在意識として心の深い部分に絡みついていて、それが要因となっているのかもしれない。しかしともかく、表面上は不意にやって来るのだ。

口元のあたりは、どうしようもなくかったるいのに、胃袋だけがピクッ、ピクッと、どろどろの底なし沼のように重苦しく動いている。何やら獣の本能みたいなものが、胃の壁を這い回っているようだ。どうにも居たたまれない気持で、わたしは荒々しく腰をあげ、部屋の壁に掛けてある鏡の前に立った。何かが乗り移ったように貪欲なひどい目をしている。しかもそれは、みるみる内に恐ろしいほど血走ってくるのだ。わたしは慌てて鏡を裏返しにすると、今度は苛々しながらまるで動物園の白熊のように部屋の中をぐるぐると歩き回った。またいつものように禁断症状が始まったのだ。

十九歳の誕生日を迎えた頃から、わたしは時折この禁断症状を経験するようになった。尤《もつと》もわたしがそれを〈禁断症状〉と診断したのは、つい最近のことだ。わたしはついに意を決して、家の者に気づかれないように、恐る恐る台所へ降りていった。さて、いよいよ戦闘開始である。まず、冷蔵庫や茶箪笥を、片端から開けて、食物をあさりはじめた。そしてどうやら食べられそうな物と見ると、両手でそれをつかみ、滅茶苦茶に口の中に押し込めるのである。もちろんこの食欲は味と無関係だし、あるいは空腹感とさえ、比例しないのかもしれない。その証拠にわたしは、手当たり次第なんでも食べられるし、(尤もできるだけ炭水化物や、蛋白質のようなボリュームのある方が好ましいのだが)、明らかにお腹がいっぱいになっても、内臓のどこかで底なし沼のような重々しい欲求がなお消えずに残っているのを知るからである。実を言うと、胃袋にあまり食物のない時、確かにその禁断症状は食物に対するものだが、いざ満腹になってみて初めてそれはどうも胃袋ではなく、どこか違ったところで違ったものを欲求しているのだということがわかるのだ。いや、ひょっとしたらこれは何かの欲求であると同時に、漠然とした不安とか、動きのとれない苛立ちとか、そんなものに対する一つの解決方法なのかもしれない。つまり食べるという行為によって、無意識の内に寂しさを誤魔化そうとしたり、嫌なことを忘れてしまおうとするのだ。言ってみれば一種のスポーツのようなものかもしれない。わたしのこの、はなはだ動物的な症状が、このように精神的な何かと関連しているのではないかという推論は、いくらかわたしを安心させてくれた。わたしは毎日毎日わたしを力強く押し流してくれるものを待っていたのだが、それはちっともやって来なかった。そんな不満と有り余るエネルギーが、どこかで食欲と結びついたのかもしれない。近頃相当クタクタになっているわたしの個人的事情にもかかわらず、今日もまた、このやや異常な禁断症状が容赦なくわたしに襲いかかっているのだ。

しかしもし仮にこの禁断症状を、他人に語ろうものなら、おそらくそれは年頃のせいだとか、少女から女になる時期なのだとか、あるいは厄年のせいだなどと、たちまち見事に規定され、一笑されてしまうに違いない。およそ第三者の目などというものは、そのように一般的、通俗的なものでしかないものだ。だからそんな規定を突きつけられたって、今さらじたばたする気持などさらさらないつもりだが、やはりそういった不愉快な規定は、わたし自身のためにも避けた方が賢明だ。と、ひそかに心の中では決心しながらも、食べて食べて食べ尽くして、気持の悪くなるほど満腹すれば、少しは寂しさも紛れるかしらといった思いに支配されてしまうと、やはりまたいつものように電話のダイヤルを回して、静子を呼び出すよりほかに仕方がなさそうだ。確かに彼女の中には、わたしにとって一種の麻薬に似た危険性があるのかもしれない。

「今日の診断料は高いわよ」

わたしは黙ってうなずくと、静子の向かい側に崩れるようにして座った。学校で会う時と違って、長い髪をアップにしていたためか、今日の彼女はわたしより二つくらい年上に見えた。軽いアルコールを注文し、さて落ち着いてみると、静子を呼び出しておきながら、こちらになんの話題もないことに気づき、わたしはちょっと意外な気がした。静子は黙ったままゆっくりとグラスを口へ運んでいた。どうやらわたしが何か言いだすのを待っているらしい。そこでわたしは〈食欲と太ることと、欲求不満の関係について〉というテーマで禁断症状を訴える狩野涼子という患者の体験談を長々と静子に話さなければならなかった。彼女はわたしのひと言ひと言をうなずきながら、とても真剣に聞いてくれた。

「きっと、ボーイフレンドが欲しいのよ」

そして彼女は、わたしの禁断症状に対してそのような診断を下した。静子の言葉にわたしはたじろいだ。ボーイフレンドとかデートなどという言葉は、今までわたしたちの間には決してなかったからだ。その種の言葉には、わたしだけのもの、静子だけのものを通俗化し、一般化させてしまう不思議な力があるような気がして、わたしたちはそういった言葉を使うことを努めて避けていたはずだった。そういう尤もらしい理屈などで、自己を正当化させようとしても、なかなかうまくいくものじゃあない。瞬間わたしをたじろがせたものを、そんな常識的な理論などで説明して、あとは澄ましていようといったって、それは無理な話だ。本当のことを言えば、静子の診断には、なんだかわたしが男の子に飢えているようなニュアンスが含まれていたので、それがわたしのプライドをひどく傷つけた。だから結局そんなところかもしれないと思いながらも、わたしは急に不機嫌に黙り込んでしまった。

客はいつもより多く、店の中はなんとなくざわついていた。わたしたちは、彼や彼女らのごく健康的な話を聞くともなしに聞きながら、それでも時々思い出したように短い会話を交わした。小さな店の中央には、ギターを抱えた店の青年がいて、映画のテーマソングを奏でている。アルバイトの学生だと、いつか店の女主人が話していた。陽気な店の中で、もの悲しいギターの音色だけが妙に異質だった。それにしても、いったいどれくらいの時間が経ったのだろう。客の顔ぶれがほとんど入れ替わった頃、静子が時計を見ながらもう帰らないかとわたしを促した。

「まだいいでしょう？　もう少しいてよ」

わたしはあの寒々とした夜の街を帰っていく自分のうしろ姿を想像して、たまらなく惨めな気持になった。静子は困ったように笑うと、グラスをテーブルの上にそっと置いて、黙ってうなずいた。

「ねえ、童話をつくったの。聞いて」

わたしは自分の中に傲慢さを感じはしたが、なぜか静子の前に出ると、急に甘ったれたわがままを言ってみたくなるのだ。

「R子は、朝からずっと泣いていたので、涙がバケツにいっぱいたまりました。そこでR子はガラスの器に涙を移して、海のお魚を飼うことにしました。飼ったお魚は、赤い可愛いからだをしていました。そしてR子が泣くたびに、ピチピチと喜びのダンスを踊るのです……」

わたしたちは目をあわせると互いにニヤリと笑った。静子にはわかっているのだ。わたしはそう思い、そう思ったとたん、穏やかな安堵感を覚えた。

「ねえ！」

くすんでいたわたしの目が、急に輝きだしたに違いないと信じながら、わたしは快活にそう言って静子を見た。静子は首を傾げて、優しい眼差しでわたしを見返した。

「今夜うちに泊りに来ない？　ね、いい考えでしょう？」

小さく笑った静子の顔が、しかしきっぱり横に振られた。わたしはがっかりしながら、それでも執拗に食い下がった。

「〝若い娘の変死体発見！〟って明日の朝刊に出たら、あなたのせいよ。『私がいけなかったんです。私のせいです』なんて、記者の人に話すの嫌でしょう？　これから一人で帰るのなんてたまらないの」

でもわたしは静子の頑固さをよく知っていた。ここで普通の女流作家なら――だからこの辺で涙を流すより仕方がない、とわたしは心の中でつぶやいた。何、少々アルコールも入っていることだし、涙の材料なんて、いくらだってあるのだ。少しの準備さえすれば、あとはテクニックの問題だ――とかなんとかうまいことを言って、泣きだし戦術を持ってくるのが普通だ。確かに女の涙なんていうのは、テクニックの場合が多いものだ。やはりそれは否定できない。自分に自分で暗示をかけて、泣くことさえできるのだから。

でも、いつまでもそんな涙ばかり書いてはいられないのだ。本物の涙というものは、まさか水道の蛇口じゃあるまいし、そうそう器用に、開けたり閉じたりなどできっこないのだ。――涙はわたしの特技なの――なんていう台詞はもう聞き飽きた。そんな地点で女らしさを出していこうといったって、もう騙されやしない。意地の悪さとか、涙の技術とか、甘さとか、甘さの裏のずるさとか、カマトトぶった会話とか、気まぐれな優しさとか、そんな欺瞞に満ちた女らしさは、この際潔《いさぎよ》く捨てなければならない。その上でなお泣くことができるなら、これこそ本物の涙だ。流せるものなら流してみろ。

「彼女の一日は、過去の日記を開くことから始まる——」

お互いにしばらく黙り込んでしまったあとに、わたしは声を押し殺して、一本調子でそう言った。そして静子が目をあげてわたしを見つめたのを意識しながら、急に声をガラリと変えて、今度は明るい調子で言葉を続けた。

「……なんていう書き出しで、一生一代の小説を書こうかしら。どう思う?」

静子の目は真剣だった。そこには誠実さと同時に厳しさがあった。わたしは自分がせっかく発した明るい声の調子が、静子の前で虚しく崩れ去ってしまったのを感じ、ふと寂しくなってきて目を伏せた。

「まだ大友さんのことに、こだわっているのね」

「こだわっている!?」

わたしはグッと突きあげてきた得体の知れない激しさに、思わず鋭い口調で、静子の言葉をはね返した。こだわるもこだわらないもあったものではない。ひょっとしたらわたしの毎日毎日は、あの大友史郎の物凄い残骸を、振り切ろう、振り切ろうということでしかないのかもしれない。いや違う。わたしは毎日毎日過去のわたし自身と闘っているのだ。大友史郎という一人の対象に、当時のわたしがいかに我武者羅に、わたし自身を賭けていたか。それが問題なのだ。今のわたしは、あの頃のわたしにとても敵わない。現在のわたしの周りには、あれほど熱中できる対象が何一つありゃあしない。何を見ても何をやっても、あの時はああだった。あの時はこんなではなかった。あの時は——という思いがわたしにまとわりついて、わたしから離れないのだ。大見栄切ったすぐあとで、こんなことになるのは恥ずかしい気もするが、泣けてくる時はやはり、どうしようもなく泣けてくるものなのだ。ついにわたしは、胸の中に詰まっている、あらゆる欲求不満とあらゆる寂しさを、できる限り吐き出してしまおうと決心した。そう思ったとたん、両目から、ドッと熱い涙があふれ出てきた。わたしは静子を真っすぐに見つめたまま、ポロポロと面白いほど涙を流した。そして涙の感情は肩まで伝わり、わたしはついにうつ伏せになって、声を殺して泣きだした。静子はバッグから水色のハンカチを取り出して、そっとわたしの手に握らせたまま、ただ黙ってわたしを見ていた。

（モウイヤダ、モウイヤダ）

わたしは泣きながら、心の中でその言葉を繰り返していた。別に具体的な意味はなかったが、なぜか今のわたしの気持と一番しっくり重なるような気がした。

〝カアァラァース、なぜ鳴くの、カラスは山ァにィ〟

その時突然、わたしの背後から〈七つの子〉の童謡が聞こえてきた。それはギターのメロディだけだったが、その旋律は妙に悲しかった。でも、実に良かった。心に実にしっくりと響いてきたのだ。でもわたしは、顔をあげると鋭くうしろを振り返って、ギターを弾いているその青年を睨みつけてやった。青年は店の中央の柱に軽く寄りかかって、七つの子の曲を明らかに意識してわたしへ送っている。たぶんわたしの顔は、涙にぬれて醜いだろうと思いながら、それでもわたしの心の中には、喜びでも憎しみでも怒りでもない、強烈な衝動が突きあげてきていて、そんなことは気にしていられなかった。青年はわたしを見ずに、ほとんど無表情にはるか彼方に気をとられているような振りをしていた。しかしそれでいて、彼は確かにわたしに向かってうなずいたのだ。声もなく、ただ微かに、素っ気なくうなずいたのだ。

その時の青年の目。わたしはいつだったかどこかでこれと同じ目を見たことがある、と思った。でもなぜか思い出すことができない。それにしても彼のこのうなずきは、いったい何を意味しているのだろう。なぜうなずいたりしたのだろう。彼は女の子の涙の理由なんて、みんな似たようなものだとでも思っているのだろうか？　それともわたし自身にさえわからない涙の理由が、あの青年にはわかっているとでもいうのだろうか？　青年心理学の習いたて？　まさか。

（コレハ、ナニヲシデカスカ、ワカラナイゾ）わたしは自分が何かをしでかすだろうという予感と期待に胸をふくらませながら、わざと余裕を持って、そう自分に言ってみた。

「コンバンハ、アナタモ、ヒマナヒトネ」

背中に静子の視線を意識しながら、わたしはツカツカと（自分ではそのつもりだったが、静子に言わせるとフラフラとが本当らしい）青年のそばへ歩いていき、そう声をかけた。その時自分のことだけでいっぱいだったわたしは、他人の泣きごとにまで関心を示しているこの青年を、本気で暇人と思ったのだ。わたしの言葉に、青年は軽く笑いながら、ゆっくりうなずいた。でもそれ以上は何も言おうとしない。わたしはちょっと肩透かしを喰ったような気持で、青年の弾いているなんだかわけのわからない曲を黙って聴いていた。青年はその曲に没頭しているような情熱的な調子で、ギターを弾いていた。そしてかなり長いその曲を弾き終わると、ふと、我に返ったような様子で初めてわたしを正視し、言った。

「あいにくと、やることがないんでね」

その言葉を聞いたとたん、今わたしは慰めてもらう側に立っているのだと思い、なぜか急に力の抜けたような安心感に全身が満たされた。

店を出てから、夜の裏街で青年がその手でわたしの肩を強くつかんだ時、

（逃ゲルモノカ）

ずっとわたしを支配していたのは、その言葉だった。たとえこの青年に食べられたって、決して逃げたりするものか。たとえこの青年に壊されたって、壊れたその中から、この青年の何かを奪い取って、必ず立ちなおってみせる。

（決シテ逃ゲタリスルモノカ）

わたしがこんなにも長い間待っていたのは、これだったのかもしれない。わたしをメチャメチャに引き裂いてくれるような強引な力だったのかもしれない。わたしは全身をひどく緊張させ

て待った。じっと待っていた。

しかし……何も起こりはしなかった。わたしは腹を立てる気力も失って、まるで蟬の抜け殻のような、頼りない惨めな気持を噛みしめながら、人気のなくなった夜の駅で、青年と別れた。


そうだ。思い出した。朦朧としていたわたしの頭に、突然、はっきりとした光が差し込んだ。窓ガラスを通して、朝の太陽が部屋いっぱいに入ってきた。隣の家のテレビのアンテナに雀が三羽、仲良く並んでチチチとさえずっている。せわしく動く三つの頭に、わたしの口元が思わずほころんだ。わたしが振り向いた時、ゆうべの青年が見せたあの表情。声もなく、ただ微かに示した素っ気ないうなずき。わたしにはもはや、青年のあの表情と大友史郎のあの表情とを区別することができなくなってしまった。大友史郎とあの青年は、初めの段階では確かに別々なのに、青年の表情をじっと考えながら思い出していくと、二つの表情はいつの間にか重なってきて、しかもそれは大友史郎の表情なのだ。そんな馬鹿な――と思って、もう一度やりなおしてみるのだが、どこでどうすり替わるのか、いつの間にか二つのうなずきはぼやけてきて、あの青年は大友史郎に化けてしまうのだ。それどころか思い出せなかった史郎の顔が、あの青年を媒介として、はっきりとわたしの心の中に、浮かびあがってくるのだ。

それから数日後、わたしはギター弾きの青年と肩を並べて静かな並木通りを歩いていた。青年のある瞬間の表情が大友史郎に似ているという、ただそれだけの理由で、わたしは青年に惹かれてしまった。そんな自分に罪悪感を抱きながらも、これはどうしようもないのだと、わたしは自分に言い聞かせた。彼は名を宏という。それはわたしがあれこれと想像していた名前の一つだったので、少なからず驚いた。そしてなんとなくがっかりしてしまったことも確かだ。いつの間にかわたしたちは並木通りをはずれ、大きな重機を動かして、ビルの建設工事をしている現場に差しかかっていた。いったい何階建てのビルが建つのだろう。閑散とした周りの風景とはおよそ対照的な、そのできかけの高層ビルの周辺にはたくさんの男たちが働いていた。騒々しい重機の音や、遠くの方で何やら叫びあっている黄色いヘルメットをかぶった労働者たちには、熱いほどの活気があふれていた。わたし一人だけが取り残されてしまっているような、そんな錯覚を覚えるほど、この工事現場は活気づいていた。わたしは身体の奥に沈んでいた血潮が、渦を巻いてのしあがってくるように感じながら、騒々しい重機の音を、黙って聞いていた。

わたしは黄色いヘルメットの男たちの作業服の下に隠れているであろう、赤銅色に日焼けして盛りあがった腕の筋肉を思い、身震いした。

しかしそれでいて、つい目と鼻の先で現に今、働いている彼らをわたしはどうしてこんなにも遠く感じるのだろう。別に彼らの中に、わたしを拒否するような冷たさがみられるわけでもないのに、なぜ、わたしたちの間はこんなにも遠いのだろう。観念の上では、彼らをわたしに近づけることができるのだが、実感として、生理的に彼らの肉体や動作がわたしに少しも迫ってこないのだ。この遠さは、いつまで待っていても、近づかない。わたしは彼らの活動の渦の外にしか立っていることができない。彼らのエネルギーを他人事のように眺めているよりほか、どうしようもないのだという、悲しい思いにわたしは立ちつくしていた。

「こんなにでかいビルの建設を、うしろで動かしている人間がいるんだなあ。どれくらいの金が動いているんだろう」

「えっ」

しみじみとした宏の言葉に、わたしは不意に狼狽して、眩しそうにはるか上空を見あげている彼の横顔を見た。彼の目はとても爽やかに澄んでいた。その目を見たとたん、わたしは二人の間に相当に長い距離を感じた。それは、ああこの人とわたしとは違うんだなあという、生理的な違和感でもあった。すると急に、なんとも言えないけだるい虚しさが胸のあたりにもやのように広がってきて、わたしは宏からそっと離れ、足元の小石を靴の先で蹴りながら、一人で歩きだした。

「おい！　危ない！」

鋭い叫び声に振り向いたと同時に、鈍い衝撃が電流のように鋭くわたしの肩から指先にまで素早く伝わった。あっと思ったが声にならず、何がなんだかわからないままに両足がもつれて、わたしの身体は地面に叩きつけられた。気がついた時、わたしは材木の下敷きになっていた。怖いも痛いもない。なんだかすべてが他人事のような気がした。周りの状況は急速に動いているのに、わたしの意識だけが妙にゆっくりと、しかも妙にはっきり漂っていた。

「大丈夫か？」

左の肩がひどく痺れていて感覚がないと思いながら、わたしは小さくうなずいた。

「待っていろ、今、これをどけるから」

わたしの身体の上のかなり太く長い材木に手をかけながら、宏は落ち着いてそう言った。彼の態度には余裕さえあって、それをとても頼もしく思った。しかしまったく突然、わたしの心臓が、血潮が逆流したかのように、激しく鳴った。向こうから黄色いヘルメットの男たちが数人、慌てて駆け寄ってくるのが見えた。

「待って！　やめて、やめて！」

前屈みになって材木に手をかけていた宏の横顔が、引きつって痙攣した。そして唖然として、両腕を前にぶらりと下げたまま、奇妙な様子で身体をゆっくり起こし、咎めるような目で、わたしを見下ろした。

「何言ってんだ」

彼はほとんど聞き取れないような、低い掠《かす》れた声でそう言った。

しかし、わたしの頭の中には、黄色いヘルメットだけがあった。あの男たちのエネルギッシュな活気の中に、一歩でも近づきたい。あの赤銅色に盛りあがっているであろう筋肉に触れてみたい。あの生き生きとした男たちと関わってみたい。黄色いヘルメットの力強い足音が、わたしの耳のすぐそばで止まった。

（この人たちになら、わたしは素直に……）

急にわたしの目の前に、大きな真っ黒な渦が巻きあがり、そのままわたしはゆっくりと、その中へ吸い込まれていった。

「俺は俺なりに君がわかっていたつもりだけど、もう今じゃ何もわからないよ」

一週間の入院中、わたしは毎日待っていたのに、宏は一度も見舞いに来てくれなかった。そして退院後、一人で彼のアルバイト先の店へ行った時、彼はわたしに向かってそう言った。言い訳もできずに、わたしはただ黙ってあらぬ方を見つめていた。いったい何がわかっていたというのだろう。わたしたちは何一つ話などしなかったではないか。いったいこの人は、わたしの何を感じていたというのだろう。無言の了解などを本気で信じていたとでもいうのだろうか。わたしはいくらか反抗的にそう思いながら、やはりじっと黙っていた。壁時計の秒針が正確に時を刻んで鳴っている。ふと気がつくと、外にはチラチラと雪が降りだしていた。

「ほら、雪よ」

わたしはとぼけたようにそう言うと、立ちあがって店のドアを開けた。落ちてきた雪が、ひとひらそしてひとひらと、音もなく地面に消えていった。胸いっぱいに冷たい爽やかな空気を吸い込んだわたしは、もういい頃だろうと思って、うしろを振り返りハッとした。そこには今まで見たこともない、刺すような宏の眼差しがあった。

「君は、女としては、嫌らしいタイプだね」

そう言った宏の唇は皮肉に歪んでいた。わたしはしばらくの間唖然として、宏を見つめていた。

(おんな?……)

わたしは十九歳になっても、やはりまだ自分のことを女の子だと思っていたのかもしれない。それなのに女などと言われて、ひどく妙な気分がしたのだ。それにわたしは少々鈍いので、人に何か言われても、家へ帰ってよく考えてみないと、理解できないのだ。さあ、家に帰って驚いた。

(わたしが嫌らしい女?)

窓を開けると、冷たい風が部屋の中に入ってきた。雪はやんだようだ。遠くに夜の街の明かりが見える。その明かりは次第にぼやけて、みるみる大きく広がってきた。

〝赤い靴、はいてた、女の子ぉー、異人さんに連れられて行っちゃったぁー〟

急にわたしは馬鹿みたいに大声を張りあげて、童謡を歌いだした。でも声が震えて、最後には音にならなかった。さあ、これからが大変なのだ。初めの内は、いったい涙というものは、どれくらい流せるものだろうと、いくらか実験してみるつもりもあったのだが、あとからあとから何かが込みあげてきて、ついにはどうしても止まらなくなってしまった。

(嫌らしい女?)

わたしはきっとどうしようもなく嫌らしい、ネバネバした体質を持った女になりつつあるのだ。そう思ったとたん、今度は発作的におかしさが込みあげてきて、突然狂ったように笑いだした。感情の極限では、きっと涙と笑いの区別さえつかなくなるのだ。ただ、突きあげてくる爆発のようなものがあるだけなのだ。苦しいほどのおかしさに、ゲラゲラと笑っているわたしを、じっと見ているわたしの目を感じるから、わたしはこんなにもおかしいのだ。このままこれ以上変になったら、ひょっとしてわたしは精神病院へ送り込まれるかもしれない。その思いにさらにわたしは、激しく笑い転げた。十九歳の誕生日を迎えた頃から、わたしの精神は不安定で、すぐ泣いたり笑ったり叫んだりしてしまうことは確かだ。こんな状態があとどれだけ続けば気がすむのだろう。この涙とこのけたたましい笑いで、わたしの心と肉体は、クタクタに擦り切れてしまうかもしれない。わたしは大きくしゃくりあげながら、窓の外に見えるうす暗い街灯をいつまでも見つめていた。

（結局わたしはこの人のところへ戻ってくるより仕方がないのだろうか）

静子の部屋の壁に寄りかかったわたしは、相変わらずゆったりと構えている彼女を目の前にして、指先で座卓を不規則に叩きながら、そんなことを思っていた。

「ねえ」

わたしは自分でも嫌悪を感じるほど、作為のある甘い声を出して、静子にそう呼びかけてみた。静子はそっと目だけをあげてわたしを見ると、黙って次の言葉を待ち受けていた。彼女の意識には、二重にも三重にも不透明なおおいがかかっているようで、そんな静子を見ていると、なぜかわたしは彼女を引っかき回してやりたくなるのだ。

〈独りの寂しさに負けて、すぐ妥協し、相手とくっついてしまうようでは、やはり駄目だそうです。独りの寂しさに耐えられる人こそ、真に他人を愛せるのだそうです……嘘でしょう？　本当なの？　嘘よねえ……少しお洒落をしようかしら？　ああ、ハンカチを貸してちょうだい〉

静子に出したはがきの文面を、わたしは頭の中で繰り返してみた。そしてわたしも相当ココロがやられていると、少々ナルシスティックな気分でそう思った。

「どうすればいいの？」

わたしはなんの意味もなく静子に向かってそう言ってみた。

「結婚しなさいよ」

戻ってきたその言葉に、わたしは自分でも意外なほど動揺した。《結婚》というはるか遠い言葉が、今まで感じたこともないほど身近に、具体的な感覚を持って入ってきたので、自分が大人の仲間入りをしたような気がしたからだ。すると突然、意識の底の方から、ムラムラと動物的な欲情のようなものが突きあげてきた。わたしは瞬間的に決心し、立ちあがった。そしてやや乱暴に静子のあごを両手で挟むと、わたしの唇を彼女の唇に荒々しく押しつけた。わたしの身体が震えているのがわかった。ふと、いつだったか、ずっとずっと昔、同じ場面に出くわしたことがあった、とわたしは思った。ほとんど反射的に静子が顔を背けたので、わしの唇は彼女のなめらかな頬にぶつかった。

「こら、しっかりしなさい」

静子はわたしから顔を離し、それとなく、しかも実に優しい口調でそう言うと、わたしの頬を軽く何度も叩いた。わたしはまぶたを硬く閉じたまま、自分は今、正気なのだと思った。なんの罪悪感も、なんの悔いも感じていなかった。

「……ゴメン」

わたしは相変わらず硬く目を閉じたまま、低い声でそう言った。花びらのように柔らかな静子の唇の感触が、唇を離したあとも、ずっと感覚として残っていた。でも同時に、妙に空白な感覚が、ごく自然にしかも急速に、静子とわたしとの間に広がってくるのを、目を閉じたままのわたしは確かに感じた。今、わたしは静子との馴れあいを清算するか、それとも同性愛に陥るか、その境に立っているのだ。そしてこの空白は、おそらくわたしたちが、自然に優しく、この恋愛じみた馴れあいの関係を、断ち切れるだろうという予感なのかもしれない。わたしは静子に対して、次第に無関心になっていく自分を感じた。

とにかく人間が多すぎるのだ。馬鹿馬鹿しいったらありゃしない。日本人はきっとみんな疲れているのだ。夜の電車の中を見れば、そんなことはすぐわかる。

それにしても今夜の人間どもは、特別に奇妙だ。粘着質な嫌らしさがある。あの吊革にしがみついて、甲高い声で何やら騒いでいるのは、あれは猿じゃないか。電車の隅っこに蒼白い顔をしてぐったりと寄りかかっているのは、きっと河童の親類だ。ベルが鳴ってドアが閉まるまで、しみじみと名残惜し気に語りあっているあの男たちは、同性愛者かもしれない。脂気のない髪に、黄土色の作業服を着てズボンの腰のポケットに新聞を突っ込んでいるこの男は、きっとコミュニストだ。ああ、気持が悪い。目もまともに開いていられないほどだ。わたしはさっきから一人の男を気にしながら、それでもぼんやりとそんなことを思っていた。

女はこういうことには敏感なのだ。気配でわかるのだ。もう外は真っ暗で、車窓には車内の光景が鏡のように映っていた。わたしはとても疲れてはいたが、それだけに羞恥心や恐怖感も薄れていたのかもしれない。一方では、はっきりとした現場を押さえないことには、何一つこちらから行動することはできないのだと思っていたし、また一方では、こういう場合、たとえこちらの誤解であっても、社会的には女の方が有利なのだと、呑気なことを考えてもいた。

しかし、案の定、電車が走りだすと広げた新聞の下で、男の手が蛇のようににょろにょろと伸びてきて、わたしの乳房を触りだした。

「やめてください！」

人間には（女にはと言いなおしてもいいのだが）やはり誰がなんと言おうとも、自分の思考以前により潜在的な、より衝動的な意志が働いているのだと思う。わたしは思わず無知な子どもの正義感のような残酷さで、自分でも予期しなかった言葉を口走っていた。とかくこういう種類の男たちは、行為をしているのかいないのか、被害者にさえ確信が持てないような曖昧さで、女たちを苛々させるものだが、この男は違っていた。実にはっきりと、胸のすくような明快さで、わたしに対して行為を働いたのだ。わたしはその率直さに好感を持った。でも気がついてみたら、わたしは反射的に、かなり鋭い口調で拒否の言葉を男にぶつけていたのだ。男は少し驚いた顔をしてわたしを見た。でもその目は空虚で、わたしはそこになんの感情も読み取ることができなかった。そして男は、立ち去ろうという気配も見せずに、わたしとまるで関係のないような顔をしてすぐ前に立っているのだ。わたしは慌てて周囲の視線にすがろうと、辺りを見回した。ところがどうだろう。周りの乗客たちは、チラリとわたしを一瞥したきり、普段と少しも変わらない平気な顔をして、無表情に突っ立っている。

（もしかしたら、わたしが確かに口走ったと思ったあの拒否の言葉は、わたしの錯覚だったのだろうか。結局わたしは何も言わなかったのかもしれない）

わたしは恐ろしく不安な気持になりながら、自分自身を疑った。そしてわたしの頭がまだはっきりと整理されない内に、再び男の鉄のように生臭く冷たい手が、さっきより執拗に、今度はわたしの指に絡まってきた。わたしはその男の大胆さに、ちょっと感心してしまったが、しかしわたしの生理的な何かが、男との接触を強固に拒んだ。

「やめて！」

パシッという音とほとんど同時に、わたしは右手に痺れるような痛みを感じ、男の左の頬に、蒼白い、血の気を失った指のあとを見た。その瞬間、わたしの目が男の空虚な目を食い入るようにとらえた。

（やめて、やめて、やめて、やめ……）

わたしの吐いた言葉が、長い余韻を残して、いつまでも頭の中でこだました。

（いったい、どちらが善で、どちらが悪なのだろう）

わたしをじっと見下ろした男の目を見ながら、さらに、

（目と目の対決なんて、あれは漫画の世界のことなのだろうか）

と、そんなことを思った。

男のいくらか茶色味をおびた目は、霞がかかったようにボーッとしていて、この上もなく空虚だった。そこには虚無感と、暗い絶望感とを同居させた、人間のギリギリの感情の凝結があった。わたしの心の扉を叩かずにはおかないような、不思議な語りかけがあった。

しかし少なくともわたしには、〝社会悪との対決のために〟〝全女性のために〟といった大義名分があるのだ。だから男に勝たなければならないのだ。男から目を離すことはできないのだ。それに引き換えいったいこの男には何があるというのだろう。何もないじゃあないか。それなのにどうしてこの男はこんなに大胆に、こんなに真剣に、わたしの目を見つめていることができるのだろう。何か、どうしようもない悲しみのようなものでもあるのだろうか。可哀そうに。わたしは男の目を睨みつけていることに、いくらかの苦痛を感じはじめた。わたしにもう敵意はなかった。いや、そんなもの初めからなかったのかもしれない。ただ意地のようなものに引きずられて、相変わらず男の目を睨みながら、わたしの意識がふと、周囲に向けられた。そしてそこに、さっ

きまではわたしに対して無関心を装っていた男女の乗客の、今度は打って変わった好奇に満ちた視線を感じ、とたんに、彼らに対してムラムラとした怒りを覚えた。そして同時にわたしは、絶望的な暗さを持つ男の茶色っぽい目に、強く打たれたのだ。乗客の傍観者的な視線の中で、わたしと男との間に、わたしと乗客の間などよりも、ずっと純粋で清潔な、ぴんと張られた糸を感じた。大衆なんて、あんなもの信用しちゃあいけない。自分勝手で弱虫で、おまけに日和見主義ときている。

(あなた方には関係のないことだわ。これはわたしたち二人だけの問題なのよ。嫌らしい好奇心や、野次馬根性でわたしたちと関わりあいを持ちたいなんて、そんな虫のいいことは考えないでちょうだい。なぜさっきのように無関心でいられないの)

わたしとこの男ほど、なんの言葉も間に入れずに、どこか胸の奥の方で、こんなにも深く触れあっている人間は、おそらく今、日本中を探したって決して見つからないだろうと、強く思った。

(この人は見込みがある。この人は見込みがある)

ついに男の目がわたしから離れ、無造作にフイとわたしの頭上を通り過ぎた。先ほどの論法を持ち出してくるなら、わたしが勝って、男が負けたのだ。正義が勝って、悪が敗れたのだ。男のいくらかしかめた茶色っぽい目は、やはりひどく空虚だった。でも視線を離したあと、わたしの意識はとても深く男に結びついていて、わたしたちはまるで、深く愛しあっているからこそ「愛している」という言葉をどうしても言うことのできない恋人同士のように、そっぽを向きあっていた。静かに窓ガラスに目を移したわたしは、そこに映った男の横顔を、そっと窺った。でも彼は相変わらず、何事もなかったように平然とした顔をしている。なぜか急に口笛でも吹きたくなるような楽しい気分になってきて、わたしは思わず苦笑いをした。しかし男の整ったストイックな横顔は少しも動かなかった。

電車が止まる。わたしは弾かれたように、ホームの上に勢いよく飛び降りた。

人混みをかき分けて、駅の改札口を出たわたしは、いったい何を考えていたのだろう。突然背後からあの茶色の目の男に声をかけられ、こうなったらもう喜劇だと思いながら、わたしたちは当然のように喫茶店へ入った。わたしはメニューの中で一番値段の高いパフェを注文した。

「君の怒った目はよかった。引き込まれて離すことができなかった」

(ソンナキザナコトバハ、シンヨウデキナイワ)

「冷汗が、脇の下をスゥーと流れていった」

(マサカ、アンナニ、オチツイテイタノニ)

「疲れていたのね」

彼はいくらか前に倒していた上半身を、急に起こすと、黙って苦笑いをした。でもその瞬間、わたしを見た彼の空虚な目が、まるで刃物のように鋭く光った。その光はただ単純に冷たさともとれたし、あるいはこの世に存在している、ありとあらゆる良識への拒絶ともとれた。でもすぐにまた、あのどうしようもない絶望が、再びヴェールのように彼の目を覆ってしまった。そのとたん彼のあの行為を疲れのせいにしようとした自分に対して、わたしは言いようのないうしろめたさを感じてしまった。

なんとも味気ない気持で、窓の外に目を移した。そしてせわし気に家路へと急ぐ人の流れを眺めている内に、わたしはふと、二人で黙ったまま、ここにこうしていつまでも座っていたい気がした。

「結婚しよう」

「えっ」

単純で率直な突然の言葉に、わたしはちょっと戸惑った。でも彼の茶色の目の中には、わたしの曖昧さを決して認めないぞといった、迫力と決意があった。笑いで誤魔化すことのできなくなったわたしは、不意に心の中で低くつぶやく声を聞いた。

（コノ人ハ、ダメナ人ダケレド、ワタシノ一生ヲアゲテモイイカモシレナイ）

しかしわたしは急に立ちあがった。

「嫌よ。ズルズルとこのまま関係を続けていくなんて」

そのいくらか甲高い声に、隣りに向かいあって座っていた二人の男が、驚いてわたしを見あげた。わたしはとっさに、テレビのメロドラマの別れ話の場面を思い出し、自分に対して居ても立っても居られないような嫌悪を感じた。店を出たわたしを追って、慌ただしく会計を済ませた男も外に出てきた。

　派手なネオンの光や、人々の靴音や、話し声や、流行歌の満ち満ちている、当たり前の夜の繁華街は、じゃあ、と片手をあげて行きずりの男と別れるには一番適しているのかもしれない。右手を差し出しながら、わたしは黙ってうなずいた。男の茶色の目には、やはりこれといった意味がなく、その焦点さえつかむことができないほど、空虚だった。しかし、突然、握り返してきた男の指に、そして腕に力が入った。思わず前によろけたわたしの身体を、しっかりと支えながら、男の熱い息がわたしの唇を濡らした。抱きしめられた男の腕の中で、わたしの胸は雨だれのような、悲しみに震えた。

　夜の繁華街の人間は、きっとみんな優しいのだ。何も言わずに目を伏せて、わたしたちの横を静かに通り過ぎていった。

「どこへ行くの?」

　突然身体を離して歩きだした茶色の目の男のうしろ姿へ、わたしは訊かなくてもいいことを訊いてしまった。

「飲みに行くんだよ」

　ぶっきらぼうな男の言葉を聞いたとたん、わたしは猛烈な独りぼっちの気持に襲われた。

　別にこれといったはっきりした理由もないのに、その後わたしはたびたび、あの病的な凄まじい食欲を感じた。そして毎日毎日わけもなく涙を流し、急にほとんど叫びに近い馬鹿笑いをしたり、胸が爆発しそうなほど激しい動揺に、のた打ち回る日が続いた。鏡をそっと覗いて「可哀そうな涼子さん」と、話しかけてみたところで、流行歌の文句じゃあるまいし、何も言わずにそばに座っていてくれる人のいるわけもなく、いつも、いつも、狭い部屋の隅に、うずくまって震えていたのだ。みんな、みんな独りぼっち。そんなにビクビクしなさんな。ねえ、ねえ。しかしまるで古い雑巾のように擦り切れ荒《すさ》んでしまったわたしの心にも、まだ残っているものがあった。それは決して大友史郎の、あの強烈な残骸ではなく、あの時の黄色いヘルメットへの、期待とあこがれだった。あの人たちに一歩でも近づきたい。そんな単純な思いは、ある日突然花を開いた。

春休みよりも数十日早く、わたしは日雇い労働者として、二カ月間の契約で、ある下町の町工場へもぐり込んだ。わたしはわたし一人で、今までのわたしとはなんの関わりもない場所で、わたしだけの力で、わたしだけのために、未知の世界へ入り込んでみたいと思った。いつもわたしからまつわりついて離れない執拗な〝荒み〟を、今度こそ完全に振り切らなければならないと決心していた。そしてわたしはその町工場で、労働者の明るさを、日雇いの逞しさと危うさを、バラバラな怒りのエネルギーを、その無知さと残酷さを、その利己主義を、その自信と誇りを、実に生々しく体感した。

彼らほど生活とぴったり重なった、地に着いた会話をする人間を、わたしは今まで見たことがなかった。そしてその種の会話にわたしはどうしても敵わないといった、ある種の劣等感を抱いた。例えば一緒に働いているおばさんたちの考える配偶者の条件。それは、はなはだ経験的なものであって、必ずしも真理ではないかもしれない。でも実感の籠った重い言葉としてわたしは聞いた。彼女たちのあげた条件は、意外にも経済力ではなかった。経済ということに関して、最も切実な思いをしているはずの彼女たちなのに、決してホワイトカラーのような、知ったかぶりの妥協的な答えを出したりはしなかった。

責任感。彼女たちのあげたものはこれだった。見開いた目を、真剣に見据えて、何度も噛んで含めるようにして話してくれた。

「責任感のある人を、見っけなさいよ」

「責任感のある人を、見っけなさいよ」

わたしは彼女たちの目をしっかりと受け止めながら、何度もうなずいて聞いていた。生活という、ずっしりとした重みの上に、やっと生み出された一つの結論は、たとえどんなに単純なものであっても、人の心を打つと、しみじみ思った。

その二ヵ月間、食欲は普通。わたしはとても落ち着いた、安定した日々を過ごした。なんの自意識も、なんの抵抗もなく、わたしは日雇い労働者として町工場に溶け込むことができたように思った。仕事中、ふと我に返った時、ずっと昔から、日雇い労働者をしているような錯覚さえ持った。

(日雇い労働者などを、尤もらしい顔をして、せっせとやっているようですけれど、ねえ、涼子さん。あなたの頭の中は、自分は本当は学生なのだというプライドでいっぱいなのじゃないですか？　あなたから学生という実態を取ったら、あなたは絶望するかもしれない。この偽善者！　そんなもの捨てちゃえ！　そのプライドを外へ決して出さないのだから、嫌らしさで吐気がします）

などという、自身への懐疑に対しても、わたしは素直に首を横に振ることができた。

いったい町工場での二カ月間の何が、あの病的な〝荒み〟からわたしを解放したのかと言えば、やはりSの名前をあげないわけにはいかないだろう。Sはわたしより一つ年下の男の子で、その町工場の数少ない正工員だった。Sの仕事は、箱詰めや荷づくりや運搬などかなり重労働だったが、彼は胸のすくようなエネルギーで、それらの仕事を精力的に片づけていった。青いジーパンに隠れたSの長い躍動的な足や、大きな手や、広い肩幅や、ひと仕事終わって、ほっとした時に、ふと沈むうしろ姿に、わたしは久しぶりにどうしようもないほど、惹かれたのだ。箱詰めの計算を一心にしながら、ふとあげた視線。頭の中は完全に仕事の上にあるのに、その目が微かに笑ってわたしの目とぶつかる時、わたしはSの新鮮な魅力に、支配されてしまうのだった。Sのエネルギッシュな行動に、このわたしが協力している。Sの行動のすぐ身近に、わたしは今いるのだ。二カ月の間、わたしはたったそれだけの理由で、毎日なんとゾクゾクとした喜びに満たされていたことか。

そして二カ月は瞬く間に過ぎた。学園というものに嫌らしい未練を持っていたわたしは、町工場の中にも、Sの中にも、そのまま自己を埋めてしまうことができなかった。そしてまた、これといってはっきりとした何もないあの〝荒み〟と〝不満〟の中に帰っていこうとしているのだ。わたしは戸口の曲がり角で、あやうくぶつかりそうになったSに向かって、ごく自然に別れの挨拶をした。

（もう明日からあなたを見ることはできないのね）

黙ってうなずいたわたしの顔を見て、Sは屈託のない明るい笑いを返してくれた。

「また会いましょうね」

一緒に働いていた人のいいおばさんたちにそう言われ、挨拶をし終わったわたしは一人戸口の外へ出て、大きく深呼吸をした。目の前を流れている汚れた人工川にさえなぜか親しみを感じて、わたしは少々感傷的になっていた。はるか向こうの小高い丘の家々にはもう明かりが灯っていた。ひと辺りぐるりと工場を見回してから一歩踏み出したその時、わたしの背後で聞こえたのだ。もうわたしが立ち去ったと思ったのだろう。おばさんたちの話し声が聞こえてきたのだ。

「狩野さんていう娘、あの子は本当にいい子だよ」

歩きだしていたわたしの足が止まった。とたんに、胸を締めつけられるような、なんとも言えない哀しみのような感情が、込みあげてきた。でもそれとほとんど同時に、わたしの心の中には、

（まんまと、おばさんたちを騙してやった）

という、意識した言葉が浮かびあがった。

いや、いけない。こんな大事な時点で、照れ臭さのためだかなんだか知らないが、自分を茶化しちゃいけない。もっと素直になるのだ。もっと素直に彼女たちの言葉を受け止めるのだ。今、突きあげてきたこの哀しみは、きっと純粋な感動に違いないのだ。なんの飾り気も、なんの下心もない素朴なおばさんの言葉なら、信用できるのかもしれない。真実わたしはいい子なのかもしれないという感動に違いないのだ。はたして今までわたしは、わたしとなんの関係もない赤の他人から、こんなにも客観的に、こんなにも素朴に、わたしの評価を聞いたことがあっただろうか？　いや、なかった。今まで聞いた他人の言葉は、どれもこれも何一つとして信じられるものではなかった。わたしはこんなにもわたしに関する他人の評価を渇望し、そして、こんなにも疑っていたのだ。暗くなりかけた川岸をわたしはただ我武者羅に歩いた。

（なぜ人は、こんなに無表情で、平気で人混みの中を歩くことができるのだろう）

昔、そんなことを考えて腹を立てながらこの繁華街を歩いたことがあった。今はわたしの顔自体、立派に無表情じゃあないか。

パチンコ店の前で、茶色の目の男と会った。

「生きていたの？」

わたしは自然な気持でそう言うことができた。彼は少しの羞恥心も見せず、黙ってうなずいた。白のジャンパーのポケットに両手を突っ込んだ姿が、なぜか投げやりだった。わたしたちは何も言わずにしばらくの間黙っていた。繁華街の騒音の中で、わたしと彼との間だけが、妙な具合に静止していた。しかし突然彼はあごで合図を送ると、わたしに背を向けて、パチンコ店へ入っていった。わたしもつられて、とても頼りきった安心した気分になりながら、彼のあとについていった。

一歩中に足を踏み入れたとたん、耳を裂くような騒々しさが、わたしを興奮させた。それでも白いジャンパーのうしろ姿は、なんのためらいもなく、奥へ進んでいく。大音量で流れている流行歌や見るからに遊び人風の男の執拗な視線は、わたしにとって一種の快感でさえあった。茶色の目の男は、店の奥の空いた台の前に立つと、持っていた玉を半分わたしに与えて、自分の台に集中しだした。彼の中に熱いエネルギーを感じて、わたしは負けてはいられないと思った。もう、他人の目など振り払わなければいけない。わたしは一つ一つ玉を入れては弾いた。

弾かれた玉は、あちこちに引っかかりながら、数秒ののちには、下まで落ちきって台の中からたちまち姿を消してしまった。それでも時折ブザーが鳴って、赤ランプが点き、ジャラジャラとたくさん玉が出てくると、わたしの心臓は小さく鳴りはするのだが、それ以外には別になんの変わり映えもない。と言うよりも、大音響の流行歌や男たちの執拗な視線や、茶色の目の男ばかりが気になって、わたしの意識は、パチンコ台そのものに対して、妙に上の空なのだ。焦れば焦るほど、わたしの心はますます台から遠のいてしまい、そのむせ返るような自意識に、わたしはほとんど生理的な嫌悪感を抱いた。さらにその上、玉を弾きながら感じた倦怠はいったいなんなのだろう。かなしさ。かなしさ。かなしさ。これはどうしようもないかなしさなのだろうか。

（飽きちゃった）

一番恐れていた言葉を、なんだか泣きだしたいような気持で、わたしはわざときっぱり使ってやった。もう三十分くらい経っただろうか。疲れてしまったわたしの目が、何気なく隣の茶色の目の男に吸い寄せられた。彼の前の台の中では、いくつもの玉が、わずかな間隔をあけて、絶え間なく回っていた。ブザーが鳴って、赤ランプが点いても、彼は少しも動揺しない。同じペースで黙々と玉を弾いていく。まるで魅せられたように、一台の機械に集中している彼の中には、厳格なまでの緊張感があった。口をいくらか開き、うるんだ茶色い目をうっとりとさせ、彼は今、完全に陶酔状態にあった。電車の中でのあの暗い絶望的な目は、いったいどこへ行ってしまったのだろう。

（わたしは半時間で倦怠を感じたのに、この人はわたしの存在も忘れて、完全に今、自分をこのパチンコ台に没入させている）

わたしの生活に〝仮に〟とか〝試しに〟とか〝経験のため〟とかいうものはなかったはずだ。今、この繁華街の中で、一台の機械の前に立っているわたしには、経験のためにとか、好奇心とか、そんなどっちつかずの汚らしい行為はできないのだ。堕落する時にだって、我武者羅に、徹底的に堕ちていきたいのだ。茶色の目の男に、わたしは恥ずかしくなるほどのうしろめたさを感じた。

男の台の中で、わたしの追っていた一つの玉が、開いたチューリップに吸い込まれ、赤ランプとともに、華やかな音を立てて、たくさんの玉とともに戻ってきた。

（コノ人ハ、ダメナ人ダケレドモ、ワタシノ一生ヲアゲテモ悔イハナイ）

わたしは突然、茶色の目の男が周囲に漂わせている粘着質な空気に手をかけると、その中へ、スルリともぐり込んだ。

頭の中には、もはや流行歌の音も、遊び人風の男たちの執拗な視線も、わたし自身さえもなかった。

わたしの身体は、粘着質な空気の中へと、徐々に溶け込んでいった。

足の記憶

太股の両脇に刻まれた傷を、浴室の鏡に映してじっと眺めた。幅五ミリ、長さは八センチ。平べったいミミズが干乾《ひから》びたような跡とでもいうのだろうか？　しかしいくら眺めてみても的確に表現する言葉は浮かんでこない。

でも、なんだか可愛い。なんだか愛おしい。

「フフ」と、思わず笑みがこぼれた。

親指の腹でそっとなぞってみた。リボン状のそこだけがやや盛りあがってすべすべしている。

（うっ？　今のは何？）

もう一度ゆっくりなぞる。身体の芯が微かに疼《うず》いた。

（凄い！　傷跡が性感帯になってる）

大発見だと思った。

鏡に映った傷よりも、俯いて直《じか》に眺める傷の方がやはり生々しい。

鏡の中の目と、それを見つめているわたしの目があった。見つめあう黒目が、遠い昔を探るように微かに動いた。

突然なんの前触れもなく、無性に秋山剛《つよし》に逢いたくなった。この傷を彼に見せたくてたまらなくなった。

わたしは秋山の左太股の脇に稲妻のように走る長い傷を思った。二人して布団の上で戯れながら、彼の傷を物差しで計ったから、今でもちゃんと覚えている。二〇センチ三ミリの白くケロイド状になった傷。小学生の時、先天性股関節脱臼で手術をしたという秋山にわたしは運命の出会いを感じた。わたしも二歳の時同じ病気で、メスこそ入れなかったものの、麻酔なしで外側から足を引っ張り、固まりかけていた肉を引き裂き、股関節をはめ込んで、半年間石膏で固定するという施術を体験していたからだ。

もう三十五年以上も昔のことになるが、秋山剛との出会いはちょっと屈折していた。


それまでわたしはその瞬間を見たことがなかった。一度くらいは目撃してみたいものだと思っていたが、その瞬間を見られるかどうかは、一種の勘のようなものと深い関わりがあるらしい。

「これだ！」

と感じたら、狙い定めていれば大抵はその瞬間を目撃できると、いつだったか店の先輩が得意気に話しているのを聞いたことがあった。

「子どもなら大きな紙袋を持っている子。中学生や高校生なら集団。女なら子ども連れ。男なら、かえって一分の隙もないような、スーツ姿に気をつけろ」

と、先輩は付け加えた。なるほど、こんなことにもやはりキャリアというものが必要なのだろう。わたしのようなアルバイトではちょっと無理なのかもしれない。わたしは〈これだ！〉と感じられるような〈カモ〉に出会うことを半ば諦めていた。

第一、もしうまくその瞬間を目撃できたとして、わたしはいったいその人物にどう対応したらいいのだろう。いざとなったらわたしはニコニコして、

〈こんにちは〉

などと、馬鹿げたことを口にしてしまいそうだ。もちろん隠語はちゃんと教わっていた。もしも〈これだ！〉と感じたら、大声で、

〈十分前ですよー〉

と叫べばいい。もしもその瞬間をこの目で見たら、

〈五分前ですよー〉

と叫ぶのだ。あとは店の何人かの男性社員がすぐ飛んできてなんとかしてくれる。とは言っても、別にわたしはこの社会から悪を一つでも告発しようとか、あるいは逆に悪に染まった人を更生させたいなどと思っているわけではない。ただ単純な好奇心から、その瞬間をこの目で見たかっただけだ。

そしてあの日、とうとうそのチャンスがやって来た。

「十分前ですよー」

わたしははっとして、本を並べかえていた手を止めた。声をあげたのはこの店でもベテランの女性社員だった。彼女はまるで昼の食事時間を告げるような何気なさで、わたしに合図を送ってきた。ちょうど昼食時だったので、店にはわたしと彼女の二人しかいなかった。なんと言ってもベテランなのだから、よもや間違いはないと思うけれど、それにしても彼女が〈これだ!〉と感じて合図してきたターゲットはちょっとひどすぎないだろうか? いくらなんでも目立ちすぎる。街はもうすっかり春なのだ。それなのに男は、前ボタンをすべてはずしてはいるが、真っ黒な分厚いロングコートを着ていて、周囲の視線をわざと集めているとしか思えない。

だいたいあの瞬間の行為を成功させるコツは、何気なくさらりとやってしまうところにあるのではないだろうか? 男のようにこんなに目立つ格好では失敗するに決まっている。手品師のようなわけにはいかないだろう。

そうだ。店の人が言っていた高校生なら集団、女なら子ども連れ、なんていう分類もなんだか怪しいものだ。たまたま捕まった人たちの型がそうだっただけの話かもしれない。捕まらずにまんまと逃げおおせ、今日もせっせとあの行為に励んでいる一連の者たちのタイプがどんなものかは誰にもわからない。

確かにこの男の前ボタンをはずしたロングコートは、掠め取った本を隠すのに丁度いいかもしれない。でも、もしもベテランの女性店員の勘が正しいとして、あまりにも目立ちすぎるという致命的な事実を、この男はいったいどう処理しようというのだろう。

わたしは久しぶりに襲ってきた好奇心を抑えることができずに、無遠慮にコートの男の横顔を凝視していた。男の目が本の活字を追って微かに動いている。大きな鷲鼻や、がっしりと横に張ったあごは、そのどれもがいかにも気が強そうで、わたしは好ましく思った。さり気なく男の斜めうしろに回った。その背中からは横顔の気の強さとはまた違った、翳りのような気配が伝わってくる。これはなんだろう。

（男の香り？　フェロモン？）

そんな思いを慌てて否定して、軽く息を吐いた。

それにしても、こんな男が店の本を黙って失敬したりするだろうか。スリの大物と言えば聞こえはいいが、万引きの大物なんてお話にもならない。万引きはやはり小物のすることだ。そこには高度なテクニックや強靭な精神力など必要ないのだ。

仮にこの男がベテラン女性店員の勘どおり、店の本を素早くコートの下に隠したなら、これはかなりの見ものだとわたしは思った。そんなわたしの好奇心丸出しの視線がさすが気になったのか、男はふいに活字から目をあげて振り向いた。わたしと目があった。目があうなり男は口元だけを歪めて、人を小馬鹿にしたように笑った。そのとたん、わたしは二人の立場がくるりと逆転したのを感じた。

今まで確かにこの男を監視していたはずのわたしが、急に男に見られているような不安な気持にさせられたのだ。これはなんとかしなければいけない。

そもそも〈見る〉と〈見られる〉の差はなんだろう。強いものが見て弱いものが見られるということでもない。男が見て女が見られるのでもない。行動しない者が見て行動する者が見られるのでもない。わたしは自分に活を入れようととりとめのないことを考えはじめたが、すぐに今はそれどころではない状況だと気づいた。

〈見る〉と〈見られる〉の差は、こんなふうにしてただ単に主語を並べ替えればすむという問題でもなさそうだ。とにかくもう一度見る側に回らなければと、わたしは気負ってコートの男を睨み返してやった。

しかし見られていると悟られたらもうこっちの負けだ。とうとう今日もわたしは、あの瞬間を見ることはできないだろう。突然何を思ったか男は、見ていた本を放り投げるようにして陳列台に置くと、わたしめがけて歩いてきた、コートの男の歩く姿を見たとたん、思わずわたしの目が泳いだ。

男は身障者だった。片足を引きずり、両肩を左右に軽く振って、バランスをとりながら、わたしに迫ってきた。こんな人間にまともに見つめられたら、大抵の者はギクリとして慌てて目を背けてしまうだろう。

それにしても男は足の悪さを隠すために、冬のロングコートを着ているのだろうか。もしそうならこれはかえって逆効果だ。男がひと足歩くたびに、前ボタンをはずしたコートが右に左にゆれて踊った。

わたしは慌てて本を整理する振りをして、その場を取り繕おうとした。しかし男の視線は確かにわたしの頭上にあった。息をするのも憚《はばか》られるような重苦しい沈黙に耐えて、わたしはじっと顔をあげずにいた。でも忍耐にだって限度がある。男はこの重い緊張関係をやめるつもりはないらしい。もしかしたら男はギクリと目を背けてしまうような、気弱な思いやりを拒否しているのかもしれない。こんなふうにじっと俯いて、去っていくのを待っていられることなど嫌なのかもしれない。

わたしは息のつまるような重圧感を強く跳ね返して、思いきって顔をあげた。その時わたしは見てしまった。整然と並んだ本の一冊が、滑り込むようにしてコートの中へスルリと消えた。

しかし、もはやその時わたしには、

〈五分前ですよー〉

と大声で叫ぶ気持はなかった。いや、きっと気力がなかったのだ。やはりこの、目立ちすぎる黒いロングコートは人の目をくらますための小道具だったのか。人にわざわざ足の障害を見せつけ、相手がギクリと目を背けたその隙を狙って、店の品を掠め取ろうという算段だったに違いない。これは素人の手口ではない。

しかしいったいなんの本をコートの中へ滑り込ませたのだろう。その書名を突き止めてみたいと、わたしの思いはあらぬ方に飛んでいた。

「下りのエスカレーターはどこですか？」

男は何事もなかったように、落ち着いた低い声でわたしに尋ねた。

「真っすぐ行って左です」

わたしもまた、何事もなかったような顔をしてそう答えた。でも、二人の間にはわずかな振動でも切れてしまいそうな緊張感が、強く張られている。男は両肩を左右に振りながら、わたしの視界からゆっくりと消えた。

「びっくりしたわ。てっきり万引きかと思っちゃった」

小走りに駆け寄ってきた女性店員が、薄笑いを浮かべながら小声でささやいた。彼女の位置からは、男の手元はきっと死角だったのだろう。わたしは黙ってせっせと乱れた本の整理を始めた。今のこのあふれるような充実感を、つまらないおしゃべりなどで消したくなかった。

躰の中を、真っ赤な血がどくどくと流れていく。わたしは熱く高揚してくる躰を抑えながら、あのコートの男の気の強そうな横顔を思った。そしてわたしと男との間に張られた恍惚とも言える緊張感を思った。

従業員通用口から一歩外に出た時、たぶんわたしには微かな期待と、確かな予感があったように思う。

ビルの谷間から見あげた空は、透明な群青色に染まり、どこからともなく桜の花びらが風に乗って、ひとひら、ふたひら、みひら、はらはらと落ちてきた。

ロングコートの男は、ビルの裏道の電信柱に身体を預け、両腕を組んだままじっとわたしを見つめていた。横顔はあんなに傲慢そうだったのに、正面から見る男の切れ長の目元は涼し気だった。

（ドラマみたい）

と思いながらも、わたしたちは立ちつくしたまましばらく見つめあっていた。

「飲みに行こう」

わたしの意志など一切無視した物言いは、新鮮だった。

そう。わたしたちは共犯者だ。二人して飲みに行く理由は充分にある。

肩を左右にゆらして歩く男と、男に寄り添うわたしは、人の目にどんな風に映るのだろう。周囲の遠慮がちな視線が、なぜか心地良い。花びらの散る桜並木をわたしたちはごく自然に腕を組んで歩いた。

街はずれの小さなスナックで、水割りのグラスを合わせた。男は何も言わない。わたしには一つだけ訊いてみたいことがあった。

〈万引きした本の書名はなんだったの？〉と。

しかし男の長い沈黙の中で、そんな質問は陳腐に思えてきた。その本によってわたしは、男の知性や関心事を測ろうとしているのだろうか？　その本がたとえ哲学書でも詩集でもコミックでもエロ本でも、男へのこの心の傾斜が左右されることはない、はずだ。

お互いほとんど何もしゃべらないまま、三杯目の水割りを飲み干して、男が言った。

「今夜ひと晩で俺に惚れないか？」

口に含んだ氷を噛み砕いてからわたしは答えた。

「今夜ひと晩だけならいいわ」

そう。わたしたちは共犯者だ。二人して夜明けを迎える理由は充分にある。

秋山剛との出会いはそんな風にして始まったが、しかしわたしたちの関係はひと晩では終わらなかった。

その翌日からわたしは家出同然に親元を離れ、剛の四畳半のアパートで暮らしはじめた。小さな流し台が付いた陽の当たらない一階の部屋だった。

「わたしの持参金はこれだけ」

剛の目の前へわたしは貯金通帳を差し出した。現実に関わることはさっさと事務的に処理して、二人だけの世界へ一刻も早く入っていきたかった。通帳を手にした剛は、しげしげとかなり熱心に数字を吟味していた。

「これなら二、三カ月は何もしないで暮らせるじゃないか」

「何もしないでこの部屋に籠って暮らす？」

「いや、日常生活をちゃんとしないと、気持が荒むよ」

意外な言葉だったが、あるいは彼にはそんな過去があったのかもしれない。剛は家で専門書の校正の仕事をしながら、司法試験の勉強をしていた。

「なんだか不確かな人生設計ねえ」

「一応、身体障害者だからね」

そんな剛の物言いを好ましいと思った。剛と暮らすことに決めたわたしは、さっそく生活用品をそろえるために街へ出た。雑貨屋でわたしが最初に買ったものは、木の先にピカピカ光る刃の付いた皮むき器だった。

剛と一緒に暮らすに際して、わたしの神経は細々《こまごま》と網の目のように広がっていき、それは台所用品の皮むき器までをも見逃すことなくしっかりと捕らえていた。そしてわたしの神経は、かえってそんな末端の道具に固執していて、歯ブラシや茶碗や箸よりもまず真っ先に、皮むき器を買った。

硬貨一枚でおつりがくるほどの、そんな皮むき器を買うのにも、なぜかわたしはドキドキした。何かとても怖かった。生まれて初めて自分一人で決めて、自分一人で動いて、〈生活〉を始めるのだという思いを抱えながら、わたしは皮むき器をじっとりと汗が滲むほど握りしめていた。

（こんなに安易に剛と暮らしはじめていいのだろうか？）

そんな風に自問自答して必死で自分を見つめようとするそばから、寂しさの満たされる、性欲の満たされる、男と女のとろけるような暮らしへと、心と躰が押し流されていくようだった。

ひととおりの買い物を終えて、剛の待つアパートへ急ぐ途中も、ついつい陽気になり、

(わたしは男と暮らしはじめたのよ)

と、道行く人一人一人に告げて歩きたいような気分になった。

わたしは慌てて本屋での剛との出会いを思い出そうとした。あの時の緊張感だけが二人の唯一の接点だった。この人なら曖昧でもやもやした日常の中で、何か確かな手ごたえを感じさせてくれる。そう直感したのだ。

躰は心と同じくらい繊細だということも、男と一体になって溶けてしまいたいという強い欲求も、心が躰から遊離して、自我がバラバラに爆発するその瞬間も、わたしは剛との暮らしの中で知った。

それから一年。わたしたちはどうして別れることになったのだろう。

二人の間に諍いがあったわけでも、ましてやほかの異性に目を奪われたわけでもない。ただ、二人の日常生活が、少しずつ、少しずつ壊れていくことに気づかなかった。いや、気づかない振りをしていたのかもしれない。

「セックスばかりしていると、悲しくなるな」

でもこの悲しさは、不快ではない。カタルシスなんだと剛は付け加えた。日常生活をないがし

ろにしたツケは、〈気持が荒む〉という形では現れなかったが、閉塞した二人だけの世界は、いつか終わるに決まっていた。終わりが怖かったから、ますますわたしたちは、互いの内にのめり込んでいき、抜き差しならなくなった。

「別れようか」

剛に先を越されたくなかったから、机に向かっている彼の背中を見つめながら、わたしは必死な気持でそう言った。

「いいよ。じゃあ、別れの儀式をしよう」

剛の対応はいつもわたしを裏切る。真っすぐぶつけていくわたしの思いから少し的をはずして、明るく答える彼のそんな感性を好きだと思った。両膝を抱えて、壁に寄りかかっていたわたしの腰に手を回して、剛はその身体の重みをゆっくりと重ねてきた。

(この人に、がんじがらめ、からめ捕られている)

躰の芯から疼きがせりあがってくる。たちまち頂点に昇りつめ、まだすすり泣いているわたしの躰に、またしても彼は挑んできた。

「儀式は一度で終わるものだわ」

声を立てて剛は笑った。

そんな繰り返しの日々が、あるいは二人の別れる理由だったのかもしれない。

わたしはお互いに身も心も深入りし過ぎたのだと総括し、秋山剛は陽の当たらない暗い部屋は常に〈寝る〉ようにできていたのだと言った。

午前八時。

「忘れ物はない？　眼鏡は？　定期券は？　鍵は？」

夫は、胸と腰のポケットに手をやってそれらの所在を確認した。記憶力が抜群に良かった人なのに、五十歳を過ぎた頃から、時々忘れ物をして、

「携帯を忘れたんだ。持ってきてくれないか？」

などと、駅の公衆電話から連絡してくることがある。次女の出勤は九時だ。

秋山剛に電話をするのは、十時と決めていた。あと二時間。どうやって時間を埋めたらいいのだろう。とりあえず洗濯機を回した。

「お母さん、ちょっと来て」

次女の部屋へ行く。色とりどりの洋服が、ベッドの上で重なりあっている。

「このワンピースに、このジャケットじゃおかしい？」

「うーん、今夜はデートでしょう？　やっぱりワンピースだけの方が、可愛いかなあ」

「でも、まだ寒いのこね」

「そうか、じゃあそのジャケットでいいわよ。似合う似合う」

「もう、いい加減なんだから」

確かに、今朝のわたしは、娘との対話も上の空だ。

玄関口でまだ迷っている娘に、無理矢理ジャケットを持たせて、追い立てるようにドアを閉めた。

あと一時間は長い。別に九時だって、九時半だって構わないのに、このこだわりはなんだろう。わたしは苦笑いをしながら、パソコンの電源を入れて、トランプゲームをはじめた。ゲームがクリアできたら、剛の声が聞ける。ゲームオーバーなら……またやりなおすしかない。

九時五十八分。おめでとう！　のメッセージとともに、画面いっぱいに図案化した花火が上がる。

「よし！」

自分に気合を入れて立ちあがった。

まず、メモした電話番号をA４のコピー用紙に大きく書き写す。小さな文字が読みにくくなっているから、押し間違えたら大変だ。一字ずつ数字を確かめながら、慎重に押していく。それなのに手が強張っていてうまく動かない。曲げたり伸ばしたりの指運動をしてから、もう一度やりなおしだ。やっとつながったところで、どっと疲れがきた。一回のコールがやけに長い。二回、三回。

「はい。秋山剛司法書士事務所です」

元気な若い女性の声に、一瞬ひるんだ。

「あのう、秋山剛さん、いらっしゃいますか？」

「はい、失礼ですがどちら様でしょう」

本当に失礼だと思ったが、友人の狩野涼子だと、旧姓を告げた。携帯電話を握りしめる手のひらに、じっとり汗が滲む。しばらく待たされてから、電話機が何かにぶつかる音がして、

「涼子？　涼子なのか？」

低く少し掠れたような紛れもない剛の声にわたしは息をのんだ。

「つよし？」

三十五年もの月日が流れているというのに、一気に時間が逆流するようなこの不可思議な感覚はなんだろう。堅い緊張感はみるみる溶けだし、懐かしさに涙ぐみそうになった。

「よくここがわかったね」

「うん。荻野さんから事務所を開いたことは聞いていたから、電話案内で調べたの」

二人にとって唯一の共通の友人の名をあげた。

「そうか、荻野とは年賀状のやり取りしかしていないけど、雅美さんとは会うことあるの？」

「十年くらい前に一度ね」

剛の友人だった荻野浩一は、わたしの友人だった雅美と結婚して、北海道で暮らしている。でも今は友人のことなどどうでもいいのだ。しばしわたしたちは黙り込んだ。しかし剛に先を越さ

れる前に、わたしは言わなければならない。

「つよしに見せたいものがあるの。会えないかしら」

あれほど濃密な一年を共有した二人だ。拒絶はされないという確信があった。


M駅北口の改札から少し離れた位置に立って、数分おきに吐き出されてくる人の群れに目をこらしていた。はたして剛をすぐ見分けることができるだろうか。別れてもなお恋焦がれていた男と女が、何十年か経ってすれ違っても、まったく気がつかなかったという小説を思い出していた。声は変わらなくても、二人の間には長い年月が流れたのだ。約束の時間が近づくにつれ、胸の鼓動の激しさは苦しいほどに高まって、わたしは大きく息を吐いた。

剛は時間を守る男だっただろうか？　思い出せない。一緒に暮らしていたのだから、待ち合わせる機会などほとんどなかったような気もする。

いつ改札口を通過したのか、秋山剛は突然わたしの目の前に立ち現れた。カーキー色の丸首のTシャツとベージュのジャケットという組み合わせに、剛の妻の気配を感じた。背筋を伸ばして佇んでいる彼の右手に握られている杖は、まるでステッキのように軽やかに、彼の身体のバランスを支えていた。髪は銀髪に近かったが、あの切れ長の澄んだ目は昔のままだ。

「杖が、似合っているのね」

「年季が入っているから」

次に言うべき言葉をわたしはのみ込んだ。こんな大事なことを会うなり性急に言ってしまうのはもったいないと思った。この言葉は真っすぐ剛の目を見て語ってみたい。わたしたちは無言のまま肩を並べてゆっくり歩いた。

「お茶にする？　それともいきなり飲むか？」

「いきなり飲む」

喉元で小さく笑いながら、剛の左手がわたしの背中に軽く触れた。

剛の身体で好きだったのは、切れ長の澄んだ目と、やや掠れたような低い声と、翳りのある背中と、そしてこの節くれ立った大きな手だ。その指を口に深く含んで舌を絡ませるだけで、わたしの下半身は腫れあがったように痺れて熱く充血し、恍惚の吐息がもれたほどだ。

前もって決めていたのだろうか？　剛はなんの迷いもなく、民家の只中にある、さり気ない佇まいのイタリアンレストランへわたしを招き入れた。窓際の席に座ってビールのグラスを合わせるまで、わたしたちはほとんど何も話さなかった。なんて静かで、なんて豊かな沈黙なのだろう。

「お洒落なお店ね」

このまま心地よい沈黙に浸っていてもよかったのに、わたしはそう言って店内を見回した。

剛が選んでくれた料理がテーブルに並びはじめた。

「ここのパスタはうまいんだよ」

「つよしには立ち食いそばしか似合わないと思っていたわ」

「もう、三十五年か」

「うん」

またしてもしみじみとした沈黙が、店内に流れる軽やかなＢＧＭに紛れて漂った。

「わたしもね、半年前まで杖をついていたの」

「えっ？」

驚いた目をして、剛がわたしを見た。

「数年前から無理をすると股関節が痛くなって、足を引きずって歩いていたの。整形外科にも整体にも、鍼《はり》にも行ったわ。でも一年前から痛みが急激にひどくなって、もう、寝返りも打てないし、何かにすがらなければ一〇〇メートルも歩けない状態になって、杖を使うようになったの」

その痛みをなんとか記録しておきたいと思い、考えついたのは棒グラフだった。痛みゼロから、八段階までを設定し、痛み弱、痛み中の弱、中の中、中の強、大の弱、大の中、大の強と細分化して、毎日せっせと棒グラフづくりに励んだ。しかし最後の方は、大の強では間に合わず、超特大強という項目を立て、

〈もう歩けない！　助けて！〉

とのコメントをグラフに書きなぐった。

でもこの棒グラフの話を、剛はわたしの狙いどおり、ブラックユーモアとして受け止めてくれた。

「あの時は、わたしの脳内イメージは、痛、痛、痛、痛という漢字で埋め尽くされていたわ」

「それで手術を？」

「そう。人工股関節置換手術をしたわ。去年の七月に左足、八月に二本目をね」

「なんだ、大根みたいに言うんだな」

「バカ」

あの頃、剛はわたしの足が好きだと言った。顔立ちも身体つきも平均的日本人だねと、言われ続けて育ったわたしだったから、わたしがわたしである唯一の証がこの太い足だった。

少女の頃のニックネームは〈ねりちゃん〉。練馬大根がその由来だが、人になんと言われようと、わたしはけっこうこの太い足が気に入っていた。

「ああ、あの髪の長い子ね」とか、

「目の大きな子ね」というのと同じように、

「ああ、あの足の太い子ね」

と言われることに、さして抵抗はなかった。

あるいはそれが剛のフェティシズムと合致したのかもしれない。剛はわたしの足への愛撫に多くの時間を割いた。

「大変だったね」

「整形外科医ってね、ほとんど大工さんと同じなの。電動のこぎりを使って五秒で骨をカットして、人工骨を骨の空洞にハンマーで叩き込むの。百回くらい叩くんだけれど、強すぎると本物の骨が割れてしまうから、力加減が難しいんですって。それから半月状の人工股関節を二本の木ねじで止めるの。ねじ回しを使ってね」

手術の手順は、夫や二人の娘や、何人かの友人たちに面白おかしく何度も話した。でもこの話をまるで自分のことのように親身に聞いてくれる相手は、やはり剛しかいない。

ストレッチャーに乗せられて入った手術室の光景は、まさにテレビドラマとそっくりだった。見あげた天井に煌々と輝く照明。ブルーや白の手術着姿の医師や看護師が数人。背中に痛み止めの注射をしてから、麻酔をかける。付き添った年配の女性が逐一、状況を説明してくれた。

「はい、チクリとしますよ」

「もうすぐ痛み止めが効いてきますからね」

「この病気の人は、十年も十五年も、痛みを我慢してきているんですよねえ。大変だったでしょう？　でも、これで楽になりますからね」

そうか、そんなに大変だったのかと、わたしは他人事のように、女性の言葉を聞いていた。この人はセラピストなのかもしれない。でもその優しい物言いは、何か、近所の世話好きな小母さんの雰囲気で、逆に心が和んだ。

医療機器を通して聞こえてくる規則正しい機械音は、わたしの心臓の音だろうか。何かにすがるように、脈と同じ速度の音を数えはじめた。
二十、二十一。百六十、百六十一。三百五十、三百五十一。しかし、なかなか麻酔が効いてこない。
(アルコールに強いからかなあ)

などと、余計なことを思いながら、数え続ける。五百九十九、六百。もう、疲れたからやめようと決めたとたん、意識を失った。

「井口さん、井口さん」

と呼びかけられて、目を醒ました。

「もう終わったの?」

本当に久しぶりに、グッスリ眠ったという感覚だった。咽の管を抜き、酸素マスクをして病室に戻ったが、体温を極度に下げての手術だったせいか、電気毛布に包まれていても身体が震えるほどに寒い。手足が凍えるほどに冷たい。暖をとろうと思わず看護師の温かい腕に両手ですがりついた。


ビールのグラスが空になった。

「同じものを、もう一杯ずつ」

剛がカウンターの向うの厨房に声をかけた。

前もって自身の血液を四〇〇CCずつ二度にわたって採取しておき、手術時の輸血に使う自己血輸血の話。点滴の針がなかなか入らずに、結局五時間かかる栄養剤と水分の点滴を端折った話など、剛に聞いてもらいたい話題はいくらでもあった。

「先生に頼んで携帯用のレントゲン写真をつくってもらったのよ」

剛は笑いながら首を傾げた。口元だけで微かに笑う剛のその表情が大好きだったことを思い出しながら、わたしは冷たいビールを一気に飲んだ。

「飛行機に乗る時、足に入れた人工骨が金属探知機に反応するから、その時のための証拠写真なの。わたしのお守り」

言いながらわたしは障害者手帳に挿んだ名刺大のレントゲン写真を取り出した。臍の下あたりから両膝の上までくっきり写った骨の写真だ。丁度両足の股関節の位置に、伏せた茶碗の形をした真っ白なカップがあり、その下からこれもまた純白の剣の形をした人工骨が真っすぐに伸びている。その写真を見て、親しい女友達は、

〈妖しいくらいエロティックな写真ね〉と言った。

そんな彼女の言葉が頭の隅に残っていたから、わたしは剛に下半身のレントゲン写真を見せる気になったのだろうか。

「見て。このねじが可愛いでしょう?」

らせん状の溝が入った木ねじまではっきり見える。

「ふうーん。きれいだね」

剛のそんな反応が嬉しかった。

「試してみたの？」

「何を？」

「金属探知機」

「もちろんよ。娘とハワイへ行ったわ」

「金属探知機を試すために？」

「そう」

「どうだった？」

「日本は本当にセキュリティーが甘いのね」

「そうなんだ」

「日本を出国する時、英文の診断書と、携帯用のレントゲン写真を握りしめて、緊張して探知機のガードをくぐったのに、ウンともスンとも鳴らないの。係の人に『どうして鳴らないんですか？』って、訊きに行ったわ」

「不満顔で？」

「クレームつける顔で。人体に入っている金属は弱いですからって、もごもごと自信なさそうな答え方だったの」

「ワインに変えようか？　快気祝いだから」

ワインリストから、剛は赤のフルボトルを選んだ。

ふと、剛の視線がわたしの髪に止まった。

「あっ！」

「何？」

「涼子の髪に白髪発見」

「いやあね」

「いや、なかなかいいよ。儚い感じで風情がある」

「わたしに一番似合わない言葉は、〝儚い〟よ。憧れるけれど……」

わたしはそう切り返したが、白髪に儚さを感じる剛の感性に、肩の力が抜けたような安心感を覚えたのは確かだ。

「ところがね、ホノルルから帰国する時は大変。金属探知機が鳴りまくったの」

「もしかして別室で裸にされて身体検査？」

「残念でした。素早く英文の診断書を係員の目の前でヒラヒラさせたら、『この椅子に座って待っていて』って言われたの」

「日本語で？」

「英語だけれど、たぶん、そう言ったのよ」

「フン、フン」

「待っていたら、プロレスラーみたいな黒人女性の係員が来て、棒状の金属探知機で身体中調べて、最後にとっても優しい目をして、日本語で『アリガトウ』って言ったの」

「いい話だね」

「きっと障害者に優しい国なのね」

赤ワインのボトルがテーブルに運ばれ、コルクの栓が抜かれた。テイスティングを断って、再びグラスを合わせた。

「手術の成功、おめでとう」

「ありがとう」

わたしたちは黙ったまま、しばらく見つめあった。

「杖の力って、凄いよね」

唐突なわたしの物言いに、剛はワイングラスを手にしたまま次の言葉を待っていた。

「初めて杖をついて、電車デビューした時の話よ」

剛の反応を見ながら、わたしは赤ワインに口をつける。豊かな香りとともに、辛口のまろやかな渋みが、口の中でゆっくりとふくらんだ。

「なんだか恥ずかしくて、隅の方に目立たないように立っていたの。そうしたら四十代くらいの女の人が、だいぶ離れた位置から歩いてきて、『あそこの席が空いていますよ』って、わざわざ教えてくれたの。店へ行けば見ず知らずの人が、わたしが通るまでドアを押さえて待っていてくれるし、階段では荷物を持ちましょうかと声をかけられるし。マイペースで動きたいからちょっとほっといてって言いたくなるくらいだったわ」

剛がカラカラと笑った。

「困っている人を助けたいという気持は、誰にでもけっこうあるものだよね」

「そうそう。でもね、その内だんだん馴れてくると、席を譲ってもらうのが当然みたいになって、席を立たない人の前で『この杖が目に入らないのか！』って、これ見よがしに杖を振り回したい気持になるのよね。アブナイ、アブナイと思ったわ」

「障害等級は？」

「三級」

言いながらわたしは、顔写真の貼られた手帳を見せた。街角に設置されている証明写真専用ボックスで撮ったもので、前科何犯の手配写真に似ていなくもない。でも、そんなことが少しも気にならないのが不思議だった。

「俺は五級だよ」

「勝った！」

胸の前でした小さなガッツポーズに、剛の優しい笑い声が返ってきた。

「この手帳の威力がまた凄いのよね。公共の施設は無料か半額でしょう？　付添人も半額。駐車場もタダ。ＪＲの長距離乗車券も半額。それに手帳を見せると、大抵の人は声が変わるの」

「えっ？」

「悪く言えば猫なで声。良く言えば〝いい人〟になるのかもしれない」

うなずきながら剛は、運ばれてきたばかりのエスカルゴをわたしの小皿に取り分けてくれた。

「自家用車もね、自動車税は無料、ガソリン税も月三〇リットルまでは無料。変でしょう？」

「そうだね。痛くて杖にすがっている時には、何も優遇されないのにね」

「そう、認定がすべてなのね」

「痛みは？」

「足の筋肉が衰えているから体重を支えられなくて、まだ自転車や高めの踏み台には乗れないの。でも、七千歩くらいなら歩けるし、階段も大丈夫」

「それにしても両足の手術を二カ月でというのは、凄いね。回復が早かったんだ」

「だって、傷口って、八センチしかないのよ。剛の傷の長さの三九・四パーセント」

「何？　計算したの。暇人だなあ」

「もっと正確に言うと、三九・四〇八八六六九九五パーセント」

「よくできました」

わたしは肩をすくめて笑いながら、じっと剛を見つめた。一瞬、二人の間に緊張が走った。

「……見たい？」

見せたいものの正体にやっと合点がいったという顔をして剛はワインを飲み干した。

（さあ、つよし、どうする）

わたしはチーズのたっぷりかかったホワイトアスパラガスにフォークを立てて、ゆっくりと口に運んだ。


「まさか、六十歳を目前にして、こういうところに来るとは思わなかったな」

ドアを閉めるなり、入口付近に設置された料金パネルのマイクから、

〈いらっしゃいませ。どうぞごゆっくりお過ごしくださいませ〉

という若い女性の機械的な音声が、部屋いっぱいにけたたましく鳴り響いた。

「余計なお世話だ」

機械に反応している剛がおかしかった。

剛が傘立てに杖を入れるのを見ながら、わたしも言った。

「まさか杖をついて、こういうところに来るとは思わなかったね」

わたしたちはさり気なく部屋のインテリアを観察する素振りで、黒い布張りのソファーに並んで座った。彼はテーブルの上のリモコンに気づくと、すぐ手に取り、テレビをつけた。

都心で火災が発生したらしい。もくもくと上がる白い煙、オレンジ色に激しくゆれながら燃えあがる炎。遠くから近づいてくるサイレンの音と大声で叫ぶレポーターの声。

しかし画面に映る火災現場の臨場感あふれる場景も、今のわたしには、ただの風景でしかない。

「診察室みたいなベッドでもよかったのにね」

照れからか、わたしはそんな風に言ってみた。剛は無言でわたしの手を取り、ダブルベッドまで誘《いざな》うと、掛布団を大胆にめくった。

「傷口を拝見しましょうか？」

枕元の明かりが眩しい。ゆっくりスカートを脱いで、ベッドに横たわった。

「ストッキングも脱いで」

命令口調で言う剛の低い声が、いつもよりさらに掠れている。腰をあげてパンティストッキングを太股まで下ろし、片方ずつ足をあげてクルクルと足首まで持っていった。しかし剛は下着を脱げとは言わない。ベッドの脇に屈み込むと、そっとベージュのキャミソールをめくった。わたしは剛の動きの気配を感じ取ろうと目を閉じ、息を殺して待った。しかし動きの気配はなかなか伝わってこない。ストッキングは足首に絡まったままだ。

〈視姦〉という言葉が突然頭の中に芽生えて、次第に渦巻きはじめる。それでもわたしは頑なに目を閉じたままひたすら待ち続けた。押し殺している息が苦しい。酸素を求めて大きく息を吸った。胸のふくらみが上下に波打っているのがわかる。居たたまれなくなった下半身がまるでそれ自体意志を持った生き物のように、くねくねと妖しく蠢《うごめ》きながら、男を誘《さそ》う。

「確かに、三九・四パーセントだ」

そんな剛の自制が、わたしの躰を刺激した。

「ここに、キスして」

わたしは濡れた声で太股脇の傷跡を指差した。

剛の親指が、八センチの傷の上をじわじわと這いながら進み、戻りながら這う。

〈もっと、もっと、もっと！〉

強く念じた想いが通じたのか、剛の指が次第に大胆に動きはじめた。この傷跡は二人の新たな関係の入口？　わたしは全神経をその入口に集中させて待った。しかし、指の動きが、ふと止まった。

「足に関する面白いエピソードはほかにないの？」

笑いだしたくなるほど突然に、緊張感がほどけて宙に浮いた。

「飲みなおす？」

「このままでいいよ」

起きあがりかけたわたしの躰をそっと押し戻して、剛は再び足をさすりはじめた。でも、ついさっきまで濃厚に漂っていた、あのエロティシズムはどこへ行ってしまったのだろう。それは愛撫というよりも、心地よいマッサージに似ている。

「先生が一番心配していたのはねえ、手術そのものより術後の感染症や、血栓症なのよね」

「エコノミー症候群？」

「そう。それでね、手術後に、弾性ストッキングを穿くのだけれど、S、M、L、当然わたしのサイズはLでしょう？」

剛は否定もせずにうなずいた。

「でも、看護師さんは、Lはお相撲さんのサイズよ、と言うからMにしたの」

「それが大きすぎて合わなかった……わけではないか」

剛を軽く睨みながら、話を続けた。

「手術後の足は、お尻から太股まで、内出血で紫色に腫れあがって、見るのも恐ろしいほどなのに、痛みはほとんどないのね。でも、その弾性ストッキングのゴム口が、太股の皮膚に食い込んで痛い！痛い！　その内足が痺れてきて、とうとう脱いでしまったの。その時の痣は三ヵ月くらい消えなかった」

「痛みにもバリエーションがあるわけか」

「わたしの足は、お相撲さん並みだっていうこと？」

「相撲取りの足が、こんなに細かったら、すぐ負けるよ」

おかしな慰め方もあるものだ。太くても、傷があっても、たとえ覚束ない足どりでも、痛みがなく歩ければそれでいい、とわたしは思った。

太腿の傷口をさすりながら、ふと、思い出したように剛が言った。

「もう、あの夢にうなされることはなくなった？」

「えっ？　憶えていてくれたの？」

「夜中に突然『もういいよおー、もういいよおー』って、うなされて叫び声をあげたことが何度かあったね。最初の時は、何事かとかなり慌てたよ」

あれは二歳の時の足の施術の記憶だ。天井の白、壁の白に囲まれた狭い空間。白衣を着た丸眼鏡の男が、ベッドの上のわたしに襲いかかる。天井と壁がぐるぐる回りながら迫ってくる。眼鏡の男の顔も、右から左から、上から下からぐるぐる回る。

「もういいよおー！　もういいよおー！」

幼すぎて、麻酔をかけられなかったのだという。

メスは一切使わずに、はずれていた股関節の周りの固まりかけていた肉と骨を手探りで引き剥がし、はめ込むという至難の施術だ。わたしはその時、幼心にも、喉が張り裂けるほど泣き叫べば、きっと両親が助けてくれると思ったのだ。

もっと泣けば！　もっと叫べば！

「もういいよおー　もういいよおー」

わたしは、あらん限りの力を振り絞り、全身で、泣いた。叫んだ。

しかし、誰も助けに来てはくれなかった。

のちにわたしは、人間の身体のメカニズムの中に〈気絶〉という能力があることの不思議を思った。どんな痛みも、どんな苦しみも、怖くはない。人の限界を超えた究極の痛みの先には〈気絶〉という逃げ道が、ちゃんと用意されているのだと思った。

でも、誰も助けに来てくれなかったというトラウマは、その後何度も何度も、フラッシュバックのように夢に現れた。

ある時は、地面に倒れたわたしが、幼稚園のクラスメイトに囲まれて、踏まれたり蹴られたりしながら、泣き叫んでいる場面だ。

〈もういいよおー　もういいよおー〉

ある時は川に落ち、白い泡がブクブクと立ち昇る流れの中でくるくると身体を回転させながら、泣き叫んでいた。

〈もういいよおー　もういいよおー〉

どんな場面でも、わたしは決して助けられることがなかった。

生きていくのは独りなのだという衝撃が、二歳の時のあの瞬間、わたしの身体に刻印されたのかもしれない。

「それが不思議なのよね。子どもを産んでから、『もういいよー』の夢をまったく見なくなったの」

「よかった」

つぶやくようにそう言って、剛は傷跡にそっと唇をつけた。

温かく、優しく、それでいて何か物悲しい思いが、涙のように躰の内から、込みあげてきた。

わたしは両腕を剛の太い首に絡めて、強く引き寄せた。

「逢いたかった……」

それには応えずに、剛はわたしの髪をそっとなでた。

深く関わりすぎた男と女は、別れるしかないのだと思い知ったあの時も、あのあとも、剛はいつもわたしの中にいた。

「つよし？」

わたしは剛の目を真っすぐ見あげて、言った。

「ここで寝るか寝ないかが、二人の運命のわかれ目よね」

「寝たいの？」

「わからない」

逃げたわけでも、剛に下駄を預けたわけでもない。むしろ『うん』と即答できないのが不思議だった。

三十五年前に別れた、その続きとして二人の関係が始まるはずはない。では、どんな風にして始まるのだろうか？

（確かめてみたい気もする）

「ここで寝るか寝ないか、議論しようか？」

わたしは思わず噴き出した。

「メリットとデメリットを、並べ立てるわけ？」

「いいよ。はい、メリットは？」

剛は、ジャケットを脱いで、わたしの傍らに横たわった。

「何もない」

「何かあるだろう」

「うーん」

これは危険な言葉だと思いつつ、わたしは思いきって言った。

「封印していた性欲が満たされるかも」

「さあ、どうかな？　自信がないなあ」

「つよしは封印する必要などなかったの？」

「明けても暮れても、あれほどセックスにのめり込んだ体験なんて、普通の市民生活ではあり得ないよ」

剛とこんな話ができるとは思わなかった。彼はさらに訊いてきた。

「デメリットは？」

「たくさんありすぎて思い浮かばない！」

「デメリットは考えたくないという答えもある」

「そうなの？」

剛の手が延びて、その親指が太腿の傷跡をまさぐりはじめた。

「涼子」

掠れた剛の声が、わたしの吐息を誘う。

「一度で済みはしないよ。覚悟はできているのか？」

「覚悟って、なんなの？」

突然、声の調子を崩して剛が応えた。

「家庭崩壊、心中、殺傷事件」

「どれも現実感がないけど、怖いの？」

「怖い」

「正直でよろしい」

傷跡を這う剛の親指には、まだためらいがある。

「あと何年生きられるかわからないけど、一つだけ心残りがあるのよね」

天井を見あげたままつぶやいたわたしの次の言葉を、剛が待っている。

「この身を焼き場で焼かれて、骨になって、家族や友人の前に現れた時、わたしだけは何年も何年も労苦をともにした人工骨を見ることができないわけでしょう？　それって、納得できない」

「ハハ」

と、声を出して、剛が笑った。

「人工骨って、何でできているの？」

「チタンよ」

「焼き場の温度は、八百度くらいっていうから、残るんだろうね。遺品扱いになるのかなあ」

「それも含めて、人生の最期に、長年連れ添った人工骨をしっかり見てみたい。ありがとうとか、お疲れさまって、言いたい」

突然、剛の指が、指自体強い意志を持って、動きはじめた。

長い長い間、三十五年もの長い間、躰の奥深く封印していたマグマが、二人の意志とは関係なく、とぐろを巻いて吹きあげた。

「わかった、俺が見届けてやるよ。俺がお疲れさまって、言ってやるよ」

わたしたちは深く躰を重ねたまま、激流のように襲ってくるエネルギーに、ただただその身をゆだねていった。

義父の選択

「ばあさんの遺骨は、墓へ行ってこっそり捨ててこい」

これが晩年、九十四歳になった義父の放った最も過激な言葉だった。

「そんなことしたら、お袋が化けて出てくるぞ」

夫は呆れ顔でそう言った。

「俺はこの家で、たった一人でばあさんの遺骨と寝起きするのは嫌なんだ！」

「でもねお義父さん、まだ四十九日も終わってないし、新潟のお墓は今雪が深くて、納骨は無理なのよ」

そんな常識論で義父を説得しようとしている長男の嫁がこのわたしだ。

「親父があれほど無神論者とは思わなかった」

確かに十畳の座敷には大きな仏壇と神棚が祭られていたが、わたしは義父がその前で、経を読んだり、手を合わせたりしている姿を一度も見たことがなかった。

二月初めの寒い朝、認知証を患い、食物の嚥下もできなくなって、八年もの長い間病院で暮らした義母が逝った。

「ばあさんを看取るまで俺は死ねない」

近所の人にそう言っていた義父は、義母が亡くなったとたん、それまでの責任や義務や義理やしきたりから解き放たれ、それらすべてを超越してしまったのかもしれない。

それはまず納骨の時に表れた。義母の棺の中へ入れるものをあれこれ選んでいた時だ。

「どうせ灰になってしまうんだ。そんな物入れなくていい！」

謡を習っていた義母は着物や帯をかなり持っていた。その内の一枚を、と持ちかけたが、義父がそう言って拒否したのだ。三兄弟は慌てて、

「でも、浴衣一枚じゃ可哀想だよ」

「あの世で肩身の狭い思いをするぞ」

などと、あれこれ言ってみたが、義父は口を固く結んだままだ。

きっと義父には《あの世》など存在しないのだ。もちろんわたしたちだって、あの世を信じているわけではない。ただ無意識の内に出棺の際の親戚や近所の人の目を気にしていただけなのかもしれない。

それでもそんな子どもたちの意見に、義父が奥の箪笥から渋々持ち出してきたのは、薄汚れた足袋と、染みだらけの半幅帯《はんはば》だった。これではむしろ入れない方がましだ。そう思ったわたしたちは作戦を変えた。葬儀屋さんに口添えしてもらうことにしたのだ。まず義父に気づかれないよ

うに葬儀屋さんを玄関先で待ち構えて素早く打ち合わせをしたのは二男だった。その間にわたしは目星をつけておいた義母の着物を一枚、階段の踊り場に用意した。

納棺の儀式は着々と進み、葬儀屋さんは何食わぬ顔をして、

「ここで皆さん、故人の愛用していた洋服や着物などを一緒に納めますが、何か入れてくださ い」

と義父を促した。

「あっ、それではあれを!」

わたしは階段の踊り場まで駆けあがり、着物を手にして大急ぎで駆け下りた。さすがに義父もどさくさ紛れのこのスピードにはついてこられなかった。

通夜はなんとか終わり、翌日の告別式の朝のことだった。義父が突然、

「俺は告別式には出ない。お前たちでやってくれ」

と言いだした。わたしたちは慌てた。

「喪主がいなくてどうするんだ。倒れたならともかく、皆さんになんて言い訳するんだよ」

「お義母さんだって、お義父さんに見送ってもらいたいと思うよ。もう最後なんだから。ねっ」

義父の頑固さは筋金入りだった。

「嫌だと言ったら嫌なんだ」

何を言っても無駄だった。

（高齢のため昨日の通夜で疲労がたまり、家で休んでいます）ということにしようと話がまとまった。寝込んだなどと言って見舞いに来られても困るからだ。

読経、出棺のあと焼き場で骨を拾い、初七日の法要の料理を娘が義父の元へ届けに行った。

「おじいちゃんどうしていた？」

「玄関の前の道路を箒ではいていたよ」

思わず笑ってしまった。喪主という立場も、世間の目もなんのその。義父にとっては日常生活こそがすべてだったのかもしれない。


その年の猛暑の夏が過ぎて、九十五歳になった義父はゲートボールこそ引退したものの、毎日自転車で駅前のスーパーまで買い出しに行っていた。ところが、二度も転んで救急車で病院へ運ばれるという騒ぎのあと、買い物はヘルパーさんに頼むことになった。

「俺の楽しみを奪うつもりか」

そう言いながらも、もう自転車は無理だということを一番わかっていたのは、あるいは義父だったのかもしれない。

「お義父さん、もう一人暮らしは限界だよ。わたしたちと一緒に暮らそうか？　東京においでよ」

「いや、もう少し一人で頑張る」

ＮＯと言ってくれることを半ば予想し、ＮＯと言ってくれたことにホッとしながらも、ため息をついてわたしは黙り込んだ。


そして同じ年の十月。マグニチュード六・八の大地震が新潟中越地方を襲った。その時は、県外にいる三人の兄弟がそれぞれ交代で新潟入りしたが、無事だったことに安心して、三週間ほど新潟詣でが途絶えた。そんなある日、義父から三兄弟に召集がかかった。いくらか痩せたようにも思ったが、相変わらずかくしゃくとして息子たちに指図などしていた。

「お義父さん元気そうね」

そう言いながら、しかし冷蔵庫を開けてみて驚いた。肉や魚や野菜がいっぱいに詰め込まれ、その半分ほどが干からびたり黴びたり、ドロドロに腐っていたのだ。

「お義父さん、どうしたの？　料理つくってないの？」

義父はくる日もくる日も、肉と野菜を甘辛く味付けた煮物と、鮭の煮付けを自分でつくり、

「うまいぞお、料理づくりは今の俺の生きがいだ」

とまで言っていたのだ。

「うん、やめた」

「じゃあ何食べているの？」

「何も食べてない」

義父は事もな気にそう言った。

「えっ？　食べたくないの？」

「いや、俺は食べないんだ！」

「いつから？」

「二週間前から」

ヘルパーさんが週三回来てくれるので何かしてもらわなければ悪いと思い、買い物だけは頼んでいたらしい。

慌てて嫌がる義父を病院へ連れていったが、入院も点滴も注射までも頑なに拒否して医者を怒らせ、結局薬だけを大量にもらって、義父は家に戻ってきた。入院しかない、入院してくれれば安心だ、という息子たちの願いは叶わなかった。


水分だけは絶やさないようにという医者の指示に従って、三兄弟は民生委員やケアマネジャー、ヘルパーさんと話しあい、一日一回は誰かしらが義父の安否を確認して水分を補給させるという態勢をとることにした。しかしこのローテーションの組み方にも問題があった。数カ月前、二男の妻が一人で義父を訪ねた時のことだ。義父は玄関の前で仁王立ちになり、義妹が家の中へ入ろうとするのを頑なに阻止したのだ。

「同じ屋根の下に男と女が一緒に泊まるなんて絶対駄目だ。近所の人の目に触れたらどうするんだ。俺は隣近所に言い訳して回らなければならないのが嫌なんだ！」

結局義妹は、昼飯はもう済ませたという義父の前で持参した弁当を一人で食べ、即新幹線で帰ってきたそうだが、わたしたち嫁はそんな義父に、驚き、呆れ、そして感心してしまった。ヘルパーを頼むなら男性でなければ駄目だと言い張っていた義父だ。

「お義父さんはまだ自分を現役の男性だと思っているんだよね」

とわたしたちは、無意識に自らの夫たちと比較してうなずきあった。

そんな制約の中で組んだシフトに従い新潟を訪ねても、義父はお茶やジュースこそ少量は飲むが、ほかのものは頑として口に入れようとしない。普段はウトウトしていても、食べ物を拒否する時のエネルギーは強烈だった。いや、むしろ断食すると頭は逆に冴えてくるのだろうか？

「お義父さん、生きているのも大変だね」

わたしのそんな言葉に義父は色素の薄くなった穏やかな目を向けて、

「うん、なかなか死ねないものだのう」

と困ったように笑ってみせた。そして傍らの日記を取り出し、背を丸めて何やら書きはじめた。日記をつけることはもう何十年も続いている義父の習慣だ。いったい何を書いているのか？　義父の現在を把握したくて、わたしたちはそっと覗いてみた。

五時、起床。六時、朝食。十時、昼食。二時、夕食。四時、就寝。もう何週間も食事など摂っていないのに、これはカムフラージュなのだろうか？　ミミズの這ったような字で綴られた日記に唖然とした。しかもまだ午前中なのに夕食や就寝の記述まであるのだ。たまに「〇〇来訪」などと書かれているが、あとはどの頁も似たようなものだった。

「やっぱり呆けているんだよ」

そうなのだろうか？　義父にはもう日記の内容などどうでもよかったのだ。昨日だって今日だって明日だって大した違いはないのだ。ただ義父にとって大事だったのは、日記をつけるという行為そのものだったのではないだろうか？


昼間から玄関に鍵をかけ、カーテンを閉めて、ベッドで寝ていることが多くなった。

その日、夫と二人で行ってみると玄関が開かない。戸をドンドン叩いても応答がない。鍵は外と内に二つ付いていて、内から閉めると外からは開けられない。携帯電話で何度もコールした。いよいよ警察か！　と思ったら、ガラス戸越しに家の中で明かりがゆらゆら移動するのが見えた。

「おーい、俺だ！　大丈夫か？　親父」

夫は俺俺と叫びながら戸を叩いた。やっと気づいて鍵を開けた義父は、疑わし気な目で眩しそうにわたしたちを見た。ボサボサの頭に無精髭。その風貌には、洒落者で七十代に見られたと自慢していた頃の義父の面影はなかった。近年とみに手の震えが目立ったが、片手に握りしめた懐中電灯の光が、焦点を結べず小刻みにゆれている。

「なんだなんだ、これじゃあまるで八つ墓村じゃないか」

夫はそう言って薄暗い家の中へ入った。

翌日、わたしたちはケアマネジャーと尊厳死について話しあった。できることなら義父の望みを叶えてやりたい。義父の尊厳を守ってやりたい。しかしそうは言っても今の日本の法律では、家で亡くなるといろいろ面倒な手続きが必要らしい。ましてや義父の死の最初の確認者が民生委員やヘルパーさんという事態だけは避けなければならない。

わたしたちは義父を連れて再び病院を訪れた。義父の最期をどうしたらいいのかという相談だった。もう数十年も世話になっている主治医だったが、相変らず入院も点滴も拒否し続ける義父に対しては、打つ手がないようだった。

「水だけでどれくらい生きられるものなのですか?」

わたしはあえて一般論でそう訊ねてみた。

「わかりません」

その後のわたしたちの会話には「検死」という言葉まで行き交ったが、結局なんの結論も出ないまま、ラコールという栄養ドリンクを処方してもらって家に帰ってきた。

「このままずっと泊まっていってくれ」

か細い声で義父がそう言った。でもその日は十二月二十四日。翌二十五日には、東京で二男の息子、つまり義父の孫の結婚式があり、三兄弟が夫婦で出席することになっていた。

「あと二日待ってくれ。そうしたら誰かが必ず泊まるようにするから」

義父は子どものように素直にうなずいて、ベッドに横たわった。その脇に座り込んで、夫は懇々と語りかけた。

「親父、やはり最期は入院しかないよ。家でもしものことがあると、検死ということになって、警察に迷惑がかかるんだぞ」

戦時中は近衛兵として天皇と宮城を護り、その後定年まで真面目に警察関係の仕事をしていた義父は、この《警察に迷惑》という言葉に強く反応した。

「それは困る」

「じゃあ、入院しようか？」

「嫌だ！」


翌朝、義父を案じて家に入ってくれた民生委員とケアマネジャーから電話があった。義父が入院を承知したので、気の変わらない内に救急車を呼んでいいかと言うのだ。

「危篤ですか？」

「いや、意識もはっきりしているし状態もしっかりしているから大丈夫だと思います」

義父にどんな心境の変化があったのか定かではないが、入院さえしてくれれば当面は安心だ。

「よろしくお願いします」

とりあえずわたしたちは結婚式に出ることにした。

式が終わり披露宴会場に向かおうとしていた時、病院の看護婦から携帯に連絡が入った。

「まだ東京なんですか？　早く来てください」

二男と三男夫婦を残し、大急ぎで家に戻ると、夫は式服から白のネクタイをはずし、黒のネクタイをポケットにしまった。わたしたちは六日町インターまで夜の関越自動車道を、一気に飛ばした。


午後九時、静まり返った病院の一室に、酸素マスクをした義父が眠っていた。意識がある間、最後の最後まで点滴を拒否していたと、看護婦が淡々と語った。

そう。義父はとうとう自分の意志を貫いたのだ。

(凄い！　お義父さん、凄すぎる)

そっと義父の手を握った。冷たい。反応はなかった。

翌二十六日、午前一時十二分。凍てつくような深夜、明治生まれの男は逝ってしまった。

学生たちの牧歌　1967-1968

プロローグ

「お母さん、もう訊いてもいいでしょう？　私の本当のお父さんのこと」

夫達郎の葬儀が終わって、遺骨の前で一人娘の亜由美と飲んでいた。亜由美は白ワインを、わたしは冷酒のグラスを傾けながら、お互いふと黙り込んだ時、娘はなんでもないような口調でそう言った。

今夜から一人になるわたしを気遣ってか、亜由美は夫と子どもたちを帰して泊まってくれることになった。

「いつから気づいてたの？」

「大学生の時、献血をしたことがあるの。その時」

「そんなに昔から……」

亜由美の疑惑をわたしはなんとなく感じてはいたが、それをあえて口にすることはなかった。あれほど亜由美のことを可愛がっていた達郎の気持を思うと、やはり言えなかったのだ。でも娘は二十年以上も悶々としていたのだろうか。

「ごめんね」

でもそう言ったそばから、〈ごめんね〉という言葉では支えきれない事態の重さに気づいて、わたしは黙り込んだ。

「今だから言うけど、お母さんってね、まだ私が幼少の頃、公園で私を遊ばせながら、いつも遠くを見てた。子ども心に『あっ、この人は、私を見てない。何かほかのこと考えてる』って思ってたわ」

「この人?」

そんな距離感のある言葉を、亜由美は幼な心に感じていたのだろうか。

あの頃のわたしは、母親であることに日々の喜びはあったが、主婦という立ち位置に悶々としていたのも確かだ。

「でもね、お父さんにはそんなこと感じたことがなかった。いつも私を見ていてくれたもの。私ね、たとえお母さんが私を置き去りにして家を出ていくようなことがあっても、お父さんだけは私を守ってくれるって、確信してたの」

わたしは思わず笑った。

「本当に子煩悩だったものね」

亜由美は不安そうに訊いてきた。

「お父さんは知ってたの?」

「もちろんよ」

「よかった。私、それが怖くて、誰にも訊けなかったの」

亜由美の安堵した笑みを、わたしは愛おしい思いで見つめた。

「不倫してたと思った？」

「うん」

「馬鹿ねえ。あんなに素敵なお父さんを裏切るわけがないでしょう」

「本当に素敵だったよねえ。優しくて強くて、私の部屋の壁に引き出し付きの本棚をつくってくれた時、作業してるお父さん、恰好よかったなあ」

「電気も水道の水漏れもすぐ直してくれたしね。これからどこかが故障したら、どうすればいいのかしら」

「うちのパパは無理だから。当てにしないでね」

亜由美は自分の夫の省吾が金槌もろくに使えないと、いつも愚痴をこぼす。

「木箱の一つもつくらせてから結婚すればよかったわ」

そのあたりが亜由美の夫に対する最大の不満らしい。平和なものだ。

「私が小学生の頃、お父さんが近所の子どもたちを集めて、何度も虫採りに行ったことがあるでしょう？　自慢だったなあ」

ワインを空けながら、亜由美の目が輝いた。

「ほら、子ども会の行事で河川敷でキャンプしてた時、突然大雨が降ってきて鉄砲水がくるかもしれないってパニックになりかけたことがあったでしょう？　あの時お父さんが伯父さんの会社のマイクロバスを借りてみんなを迎えに来てくれたのよね。あの時のお父さん、スーパーマンみたいだった」

夫達郎の思い出は尽きなかった。またしばらくの沈黙のあと、亜由美がぽつりと言った。

「それでもやっぱり、本当のお父さんに会ってみたい……」

そう、いつかは話さなければならないと思いつつ、今日まできてしまった。今夜こそ、その時なのかもしれない。

わたしは立ちあがって、押し入れの奥深くにしまい込んでいたダンボール箱の中から、手書きの原稿用紙を取り出した。とうとう活字にすることのなかった、二百枚ほどの小説だった。

「えっ？　お母さん、小説なんて書いてたの？」

「むかし、むかしね。狩野涼子という主人公のモデルがわたし」

「ここに本当のお父さんが登場するの、ね？」

わたしは黙って、冷酒をあおった。

原稿を受け取った亜由美は、その一枚目のタイトルをしばらく眺めていたが、

「向こうの部屋で読んでくる」

と言って、リビングを出ていった。

わたしは和室につくられた後飾《あとかざり》の祭壇前に正座し、マッチを擦って線香に火をつけた。線香の煙に目を細めながら、白い布に包まれた遺骨箱と、達郎の遺影を眺めた。遺影には、亜由美の産んだ初孫を抱いた時に撮ったスナップ写真を選んだ。穏やかな笑顔には、初孫への愛おしさが滲み出ている。

「達郎さん……ありがとう」

両手を合わせて、深々と頭を下げた。

亜由美は、あの小説をどう読むのだろうか？　グラスに冷酒を注ぎ足した。

今夜は、眠れそうにない。

春

それにしても東條美津子の変わりようは尋常ではない。女が目に見えてきれいになれば、その種明かしは大抵決まっている。でも美津子に男ができたという噂は聞かなかったし、第一、五カ月前のハンガーストライキのあとのあの憔悴ぶりを思えば、彼女は当然打ち萎《しお》れていなければならないはずで、美津子がきれいになる条件など、どこを探しても見つかりはしない。

御茶ノ水駅から徒歩数分のC大学の中庭で、わたしは美津子を待っていた。音信不通だった彼女が先日突然目の前に現れ、

「頼みたいことがあるの」

と言った。美津子の頼みってなんだろう。約束の時間まではまだ少し間があった。わたしはちょうど空いたベンチに腰を下ろし、中庭を見回した。

古い校舎に囲まれた、草野球くらいなら辛うじてできそうな正方形のスペースが、日本でも有数のマンモス大学と呼ばれ、学生数三万とも四万とも言われる私立C大学の唯一の庭だった。

それでもこの狭い中庭には、学生たち思い思いの青春が繰り広げられていたのかもしれない。

毎朝壁いっぱいに出される休校の札を、半ば期待しながらこの中庭へ見に来るにしても、また〈青年の像〉と呼ばれる得体の知れない像の前で、時計を気にしながら人を待っているにしても、あるいは昼と言わず夜と言わず連日のように開かれている学生集会へ顔を出すにしても、この中庭は学生たちにとって、やはりなくてはならないささやかな空間だった。

中庭の隅に置かれたちゃちな壇上では、その日もマイク片手の学生が、よく通るいくらか悲痛な声でアジテーションをしていた。それを聞く学生は約五十名。時々拍手が起こるところをみると、サクラが多いのかもしれない。しかしマイク片手の学生の頭には、真っ白な包帯が痛々し気に巻かれていて、その様子が悲痛な声によく似合い、わたしは思わず見惚れていた。

「暴力集団明石一派は、無抵抗の僕たちや女子学生にまで、角材を持って襲いかかり、僕たちは重傷者一名を含む二十数人が負傷するという事態の中で、もはやトロッキスト明石一派を決して許すことはできません。僕たちは今こそこの学園の中に、民主的な……」

壇上の学生は、明快な口調でしゃべりながら、執拗に頭の包帯を指さしている。被害者であることを、これ見よがしに見せびらかしているようなその物言いに、わたしは違和感を持った。

青年の像の前では、数人の男女が集会に背を向けて輪をつくり、楽し気に笑いさざめいていた。新調のまだ身体に慣れていないスーツをぎこちなく着たひと目で新入生とわかる女子学生が、先輩らしい男子学生の言葉に、目を輝かせながらいちいちうなずいている。五月。つい最近までこの中庭には文化部、運動部のサークルや同好会が、新入生入部歓迎という看板を立てて、店を広げていた。その一つ一つを縁日でも楽しむように覗いていた新入生たちは、中庭をひと回りするとその両腕に抱えきれないほどの勧誘ビラを手にしていた。校内は活気づき、いまだにその余韻が残っているようだった。

頼みたいことってなんだろう。わたしは美津子のなんだか頼りない笑みを思い浮かべた。半年前、新しく建てられた学生会館の管理運営権を巡って、全学ストライキが決行された時、東條美津子の野性味をおびた目は、確信に満ちて強く輝いていた。

そのストライキを背景に、学生側は学生会館の使用管理権を獲得した。使用管理権にはサークル室の鍵の管理権、七百万円に及ぶ運営費の管理権、学館内における一切の人事権が含まれていたから、これは画期的な勝利だとする見方もかなりあった。しかしS学同盟を主流とする自治会は、所有管理権をも主張して、このストライキを解こうとしなかった。所有管理権は、学生会館そのものの大鍵の管理権だった。いくら使用管理権が学生の手にあっても、何か事あるごとに大学側に所有管理権を行使され、学生会館を閉鎖されたのではなんの意味もない。名実ともに、イニシァチブを学生が握らなければ、真の学問の解放はない。初めこういった意見が、自治会内部の大半を占めていた。

ところがその一点を巡って大学側の対決姿勢は当然に強く、ストライキは長引き、冬休みは近づき、毎日毎日の貸蒲団代や食糧費や、次第に学校に出てこなくなった学友たちへの連絡費などの出費は、残り少ない自治会費をどんどん圧迫していった。さらに機動隊が導入されるという噂の乱れ飛ぶ中で、東條美津子の属する自治会主流派S学同盟内部にも微妙な分裂が起こりはじめていた。越冬すれば機動隊導入は避けられず、現段階で認められている使用管理権を失うような事態になればすべてが水の泡となり、大量の処分者によってS学同盟内部も崩壊するだろうというのが、主流派幹部の見通しだった。村《むら》委員長は、S学同盟の権力など失ってもいいから、自分たちの理念をあくまでも貫き通そうとする下部の主張を抑えて、東條美津子と男子学生二名に白羽の矢を立てた。

突然、なんの前ぶれもなしに、東條美津子たちがハンガーストライキを開始したのは、冬休みに入る直前だった。それは表向き、大学側の強固な姿勢に対しての、さらなる抵抗のように思われたが、実際はS学同盟の出したストライキ収拾策だった。

ジーパンをはいた東條美津子は、初めテントの中へ漫画本を大量に持ち込み、汗と垢の染みた布団の上に寝転がって、漫画ばかりを読みふけっていた。わたしが訪れると、小麦色に日焼けした頬に、不敵とも思える笑みを浮かべ、今配られたばかりの数粒のビタミン剤を見せて、

「もっと大粒の錠剤にしてくれないかなあ。なんだか頼りなくて」

と、お道化た口調でこぼしていた。しかし笑いながら、ふと目を伏せた美津子の顔に、今まで決して見なかった頽廃のようなものを感じたのは、わたしの気のせいだったのだろうか。人一倍気が強く、何事にも徹底していた美津子は、もしかしてあの時S学同盟の方針に反対だったのではないだろうか。

ハンガーストライキ三日目に男子学生一人が離脱。四日目にはもう一人の男子学生の意識が朦朧となりドクターストップがかかった。美津子はその時暗く落ち窪んだ目を、それでもなんとか動かしていたが、五日目。美津子の身体も目に見えて衰弱し、もはや堅く閉じられた目の下は紫色に黒ずみ、いつもの潑剌さや眩しいような躍動感は奪われ干乾びて、ほとんど意識不明のまま病院に担ぎ込まれた。

東條美津子が倒れるのを待ちかねていたかのように学生大会が開かれた。S学同盟はストライキ終結を条件にして、大学側に七百万円の管理運営費を八百万円に上積みさせた。このプラス百万円を手土産のようにして学生大会に臨んだS学同盟は、今まで眼の敵にしていたM青同盟や、とにかくストライキを終結させようとする体育連盟と手を結び、曲がりなりにも主導権を握った。それはまさに、裏から表から、あの手この手を尽くしてのストライキ終結策だった。

ストライキを続行するか終結するかの学生大会は、両者の勢力が僅差だっただけに、その後何度も内部で激しいいざこざが繰り返された。だが、すぐにやって来た冬休みは、無差別に確実に、内部の小競りあいをも、チラチラと降る小雪の下に溶かして消滅させてしまった。

そして数日後、美津子は突然病院から姿を消した。同じ社会学科に属するというだけで、美津子が特別わたしに親しさを感じているとは思えなかったが、わたしはなぜか美津子が気にかかり、あちこちと心当たりを探してみたがそれっきり。五カ月も経って突然教室に戻ってきたのだ。

時間どおり中庭に現れた美津子と連れ立って、よく利用する喫茶店に入った。

「アルバイトしない？」

運ばれてきた紅茶をひと口飲んでから、美津子はさり気なくそう言った。

「一日五百円だから、悪くないと思うわ」

思いもかけない提案だったので、わたしは即答を避けティーカップを手にした。

「自治会の選挙管理委員をやってほしいの」

「学生運動からまだ足を洗えていないのね」

わたしは笑いながらそう言った。美津子は黙って目を伏せ、足を組むとロングピースに火をつけて煙を深く吸い込んだ。煙そうに細めた目から、五カ月前までのぎらつくような野性味は消え、こんなにも色白だったのかと思うほどに肌は透きとおって、薄く化粧までしていた。いったい何が、どんな風にして東條美津子をこんなにまで変えたのだろう。

「ねえ、恋愛でもしてるの？」

「えっ？」

「だって美津子さん、なんだか色っぽくなったから……」

だが美津子はわたしの問いを無視して、足を組みなおしてから言った。

「引き受けてもらえるでしょう？」

わたしはペンクラブという、小説や詩の実作を主体とするサークルに属していた。でも、大した才能があったわけではないから、四年生になると原稿用紙に向かっても、まったく言葉が出てこなくなり、やはりわたしには無理だったのだ。そろそろ小説から足を洗おうか、でも、何をしたらいいのだろうと、悶々とする日々を送っていた。目標を失ったわたしは、ペンクラブの部室にいても居心地が悪く、部員たちが熱心に語る文学論をも、どこか上の空で聞いていた。

「選挙管理委員ねえ」

高校時代は新聞部に属していた。一丁前に取材と称して、人と会うのが楽しかった。小説も書いてはいたが、どちらかと言うと文学よりも社会のあり方や、動きに関心があったから、大学は社会学科を専攻した。社会というものを、客観的にとらえてみたいと思ったのだ。高校の新聞部には学生運動をしている先輩がいて、その人への強い思いがわたしの初恋だった。だからもちろん学生運動にも関心があった。

「そうね、いいかも。やってみる」

わたしは東條美津子の申し出を受け入れた。

その時、入口からなだれ込むようにして入ってきた明るい笑い声に気を引かれて、わたしは美津子から視線をそらせた。ついさっき中庭でマイク片手に演説していた白い包帯の学生と数人の男子学生だった。包帯の学生は何かしきりに冗談を飛ばしているらしく、中庭での悲痛なアジテーションの声とは打って変わった、張りのある声が店内に明るく響き渡った。そして彼はわたしたちのすぐうしろのソファーにどっかりと座るや否や、片手であの真っ白な包帯を、まるで帽子を脱ぐように無造作にむしり取った。わたしはなぜか慌てて目をそらせた。そして再びそっとその学生に目をやってみても、短く刈った頭に包帯を巻くほどの傷は見られない。あの時中庭で被害者であることを切々と訴えていたあの行為は、演技だったということなのか？　わたしの動揺に気づいて、美津子がうしろを振り返った。

「あれ？　東條さん、久しぶりですね。結婚したんじゃないんですか」

一瞬驚いたように包帯の学生の表情が固まり、たちまち無邪気とも言える笑いに変わった。しかし美津子は背を向けたまま返事もせずにゆっくり煙草を吸った。美津子は全身で偽包帯の学生を拒絶していたが、彼は気を悪くしたふうも見せずに、しかし意味あり気に笑った。

「暑くなってきたのに、伊達の包帯も大変ね」

わたしは学生の手に丸められている包帯に目をやってそう言った。皮肉のつもりで言ったのだが、自分の耳に戻ってきたその声の調子には、媚とは違う、フレンドリーな響きがあった。その親しみを敏感に察してか、彼はわたしを見て軽く笑った。頬には浅い笑窪が浮かんだが、中庭での演技を見てしまったわたしには、その明るさがかえって凄みをおびて見えた。

美津子は無言で素早く伝票を取ると立ちあがった。

「だあれ？　あの人」

「波木井《はきい》和人。M青同盟の新委員長よ。あれでまだ二年生なのよ。政治ずれしているのもいいところだわ」

政治ずれなんて、学生の間にもあるのだろうか。その時のわたしの意識は美津子とだいぶずれていた。わたしは波木井和人の中に、政治ずれよりはむしろ、平然と一般学生を騙し通す逞しさのようなものを、確かに見ていた。

わたしが喫茶店からそのまま美津子に連れられて学生会館内の自治会室にやって来た時、その真新しい部屋は、活気に満ちてごった返していた。

「何？　どうしたの？」

美津子が驚いた顔でそばにいた学生に問いかけた。

「大学側から処分者の発表があったんだよ」

四・二八の沖縄デーの前夜、曲がりなりにも学生の手に渡った学生会館は、全国から続々と集まってきた学生活動家たちの宿泊所として全面的に開放され、大鍵の所有権を盾に再三これを警告していた大学側は、ついに機動隊導入に踏みきった。その時逮捕された学館委員長の退学処分を筆頭に、その他二十数名の停学処分者に対して、速達で本人と保護者と保証人に処分通知が届いたというのだ。部屋の奥では白い大きな模造紙に今、太い筆で黒々と、

〈光栄なる処分者諸君〉

と書き終わった学生が、

「処分者同盟っていうのをつくる必要があるなあ」

と、大声で怒鳴っていた。

「おおい、処分者通知、俺んとこにもきたぜ」

茶封筒を片手にひらひらさせながら、なんだか嬉しそうにジャンパー姿の学生が飛び込んできた。周囲の視線が一斉にその茶封筒へ集まった。一人がさっそくそれを取りあげ、鉛筆片手に詳細に検討しはじめた。

「俺のこと忘れているんじゃねえだろうなあ。頭にくるぞ」

処分通知がまだこないと言って、冗談交じりにそう言った学生の顔は、気のせいか本当に不安そうだった。

「学生部へ抗議に行ってこいよ」

部屋中に健康的な笑いが起こった。自治会室は生き生きしている。美津子のうしろから恐る恐るついてきたわたしは、自治会室に入るや否やその明るさに巻き込まれた。今までも何度か美津子を尋ねて自治会室に来たことはあったが、なんとなく近寄り難くて、いつもドアの外から顔を覗かせ、すぐあたふたと帰ってきてしまうのが常だった。

「大《だい》さん、紹介します。クラスメートの狩野涼子さん。運管を頼んだの」

美津子の言葉に、片隅の椅子に座って新入生らしい二人の学生と何か一生懸命に話していた男が顔をあげた。脂気のない前髪の下から覗く、驚くほど子どもっぽい目がわたしに向けられた。

宮永《みやなが》大。八年生。この大学で少しでも学生運動に関心を持っている者なら誰でも知っている名だ。六〇年安保の記録を綴った写真集の中に、当時大学一年生だったという宮永大の詰襟姿の写真を、かつてわたしは見たことがあった。多数の学生たちと堅くスクラムを組みながら、一点をじっと凝視しているその横顔には、思わず引き込まれてしまうような気魄が籠っていた。もうそろそろ学生運動から手を引いて、労働運動をやるべきではないかという内部批判を浴びながらも、宮永大の信奉者は、いわゆる一般学生の間にも多く、今もS学同盟の理論的支柱を成しているという。その彼の目があまりにも無心だったので、なぜかそこから離れることができず、もう一人紹介する人がいるからここで待っていてと言って部屋を出ていった美津子のうしろ姿を目で追いながら、わたしは宮永大の向かい側の椅子に座り込んだ。

「だからこの強固な体制の中で、これは一揆しかないよ。一揆である以上、敗北は必至だ。敗北が必至である中で、俺たちはまた、このような時代が必然なものだということを知ればいいんだ。敗北が必然である時代に、組織は可能だとか、革命ができるなんて言ってるK党の欺瞞を見破ればいいんだ。そして体制から絶対に目を離さないようにする」

宮永大の口調は次第に熱をおび、心地よい掠れ気味の声にわたしは惹きつけられた。センチメンタル・アジテーションをぶたせたら、当大学随一だという定評は、学生運動に対していつも傍観者的立場を守っていたわたしの耳にも届いていた。

「でも大さんの影響が強すぎて、理論的アジテーターがちっとも育たないのよ。大学の体質もあるんだろうけれど」

わたしは美津子の言葉を思い出していた。確かに数ある私立大学の中で最も授業料の安い大学の一つであるためか、それとも〈質実剛健〉という校風のためか、この大学には昔から苦学生が多かった。それだけに土着的でセンチメンタル・アジテーションなどに、すぐころりと参ってしまうという気質があるのかもしれない。だから関西の著名な大学教授の娘である東條美津子などは、むしろ異質な存在だった。特にわたしたち社会学科には、高校卒業後数年働いて金を貯め、自力で大学に入ってきたなどという学生がかなりいた。

宮永大の言葉には切れ目がない。次から次へと止めどもなく言葉が流れてくる。それを全部のみ尽くすにはわたしの政治的知識はあまりにも少なく、次第に混乱してくる頭を持て余して、わたしはそっと目を伏せた。と、微かな動きに思わず目が一点へ吸い寄せられた。宮永大の股間のあたりがむくむくと異様にふくらんで、その時彼は一人陶酔の只中にいた。でも意外なことにわたしは自分でも驚くほど落ち着いていた。さらに熱っぽく話し続ける宮永大の心地よい声に耳を傾けたまま、わたしの目はまるで珍しい玩具でも見るように、そのふくらみを見つめていた。

宮永大の目は夢見るように遠くを見つめ、そしてふと現実へ戻ってくる。その一瞬の時を逃さず、わたしは食い入るように彼の視線をとらえようとした。政治を語ることは彼にとって陶酔なのだろうか。それとも強固な体制という秩序と闘う時、ほとんど性的とも言える攻撃的な快感が伴うのだろうか。わたしと目があうと、彼は熱っぽい目で無心に笑った。

「あっ伸《しん》ちゃん、ここにいたの。捜していたのよ」

東條美津子は戻ってくるなり、学生服をきちんと着た学生に声をかけ、彼と何か話しはじめた。

新委員長の明石伸介だった。ラフな格好の学生たちの中で、詰襟姿は目立っていた。美津子は本当にきれいになったと、わたしはちょっと嫉妬さえ感じながら改めて思った。薄紫のブラウスに白いスカート姿の彼女が入ってくると、自治会室は花が咲いたように華やいだ。

「明石のやつ真面目だな。ちゃんと学生服を着てクラスオルグに入ってるもんなあ」

わたしの傍らで、周囲の喧騒をものともせず、白いヘルメットを丁寧に赤く塗り替えていた学生が、独り言のようにつぶやいた。

「おい、早く塗っちまわねえとやばいぞ」

もう一人の学生が赤いペンキの缶にどっぷりと刷毛《はけ》を浸し、背後から乱暴に白い部分を塗りつぶそうとした。

「大丈夫、大丈夫」

それを巧みに避けながら、ヘルメットを持った学生は悠長な調子でそう言った。昨年の学館闘争の頃から、セクト間の違いが次第に顕著になり、その抗争には角材とヘルメットが登場して、今では数ある左翼の各セクトは、白だの赤だの青だのにヘルメットを色分けし、ほかのセクトとの区別を徐々に強めてきていた。

「狩野さん、ちょっと」

東條美津子の合図で、わたしは外へ出た。学生服姿の明石伸介と肩を並べた美津子は、何やら秘密めいた雰囲気を漂わせて廊下で待っていた。

学館闘争のストライキで退学処分となった村委員長のあとを受けて一月、まだ当時一年生だった明石伸介が新委員長に決まった。その委員長選挙の連合自治委員総会では、M青同盟の食い込みが強く、負けるかもしれないと踏んだS学同盟は他大学から同盟員の応援を頼んで角材を持ってなだれ込み、総会会場は大混乱に陥った。M青同盟も当然その暴力沙汰の混乱を予想して、他大学の学生を待機させていたが、時すでに遅く、明石伸介はそのどさくさに紛れて新委員長に就任したという、曰くつきの委員長だった。あれからもう四ヵ月も経つが、M青同盟は明石委員長就任の無効を主張して、ビラや立看板やマイクを使って、連日明石委員長一派の暴力を訴え続けていた。その効果は絶大だった。セクトとはなんの関係もないわたしでさえ、明石委員長と言えばすぐに暴力集団トロツキストという言葉が浮かんでくるほどに、彼に暴力主義者との形容は深く染みついていた。

しかしきちんと詰襟の学生服を着て、わたしの目の前に立っている明石伸介の目は少年のように涼しい。引き締まった精悍な顔には気魄が漲り、剣道で鍛えたという身体は、もうすっかり大人だ。明石伸介は不愛想に目だけで挨拶すると、いきなり話の核心に入ってきた。内容は選挙管理委員会に関する事務的なことだったが、その口調は明快で整然としていて、選管を引き受けることに一抹の不安を抱いていたわたしの気持は、他愛なくもすっきりと晴れた。そして思わず全身の力を抜いて息をついた時、わたしは美津子がやや潤んだ目で時々明石伸介を意味あり気に見つめていることに気づいた。もしかして美津子がきれいになった種明かしはこの明石委員長だろうか。でもそれにしては、きっぱり美津子の視線をはね返している明石伸介の横顔が潔すぎる。選管に関する連絡は東條さんにやってもらうから、選挙が終わるまで自治会室には出入りしないでほしいというのが、明石伸介の別れ際の言葉だった。

選挙管理委員にも面接試験があった。尤も自治会委員長の指名した教授と学生がそれぞれ選挙管理委員長と副委員長として面接を行うのだから、明石委員長から直接依頼されたわたしが落ちるはずがなかった。選管に立候補した理由はと問われて、学生運動というものを客観的に見てみたいからだと答えた。わたしは本気でそう言った。美津子をあんなにも変えたもの、ナルシシズムによってか、それとも雄々しさによってか、宮永大を勃起させたもの、波木井和人に偽の包帯を巻かせて不敵にも被害者であることを装わせたもの、そして明石伸介の目を涼しく澄みきらせていたものの正体を、たとえ脇からでも垣間見たいとわたしは思った。

強く身構えたそんなわたしを、名目だけの選管委員長である法学部の教授は、眼鏡の中の穏やかな目に優しい微笑を浮かべながら尋ねた。

「就職は?」

そう言えばもう四年生なのだと、わたしは教授の言葉を他人事のように聞いた。新学期早々四年生を対象とした就職説明会が開かれたが、就職指導部の斡旋を受けたかったら学生運動などには関わらないようにという脅しに憤慨し、わたしはその場で席を立った。

「いえ、まだ決まっていません」
わたしは教授の目を真っすぐ見つめたままきっぱりと答えた。

選管の仕事は時間的に大きく三つに分けられる。自治委員立候補受付の一週間と、立会演説会などの運動期間一週間、そして投票期間一週間である。その三週間、選管委員は一日五百円のアルバイト料で自治会に雇われる。自治会と選管との間が金銭という雇用関係で結ばれていることに、わたしは満足した。なんの支配も受けずに、あの得体の知れない学生運動を覗くには、選管という立場が理想的に思えたのだ。

しかし〈客観的に脇から〉などと澄ましてはいられなかった。立候補者の受付を募るために、一年生のクラスに入ったその初日から、わたしはまさに学生運動のど真ん中へ叩き込まれてしまった。

「明石一派の手先は出ていけええっ。暴力集団明石一派の選管は出ていけええっ、出ていけええっ！」

教室に一歩足を踏み入れるや否や、まるで待ちかねてでもいたかのように、熱気をおびた耳をつんざく罵声に包まれて、わたしはその場に立ちつくした。何が起こったのだろう。地震かしら。わたしの頭の中を的はずれな思考がゆっくりと傾斜していった。でもわたしとコンビを組んで一緒に教室に入った下級生の顔が、一瞬蒼ざめたのを見た時、その熱をおびた罵声がほかならぬ自分たちに向けられていることにわたしはやっと気づいた。教壇の前では体格のいい四、五人の男子が、水色の腕章をつけて凄みのある目でわたしを睨んでいた。そして水色の腕章にはどうしたことかはっきりと〈選挙管理委員〉の文字が黒々と書かれていた。

わたしも同じ腕章をしている。でもわたしが選管副委員長から渡された腕章は水色ではない。白だ。わたしは混乱した。自分が選管だという確信が他愛なくもぐらつきはじめた。わたしは贋者で、向こうが本物なのかもしれない。その証拠に、水色の選管はあんなにも自信に満ちて堂々としているではないか。

前列に席を占めていた女子も交えた十数人の学生が、一斉に立ちあがり、拳を握ってシュプレヒコールを繰り返す。

「明石一派の手先、選管は出ていけえええっ！」

一緒に来た下級生がいつの間にか消えていた。逃げたのかもしれないと思い、わたしはカアーと熱くなった頰に冷たい両手を当てて冷やした。なぜ今まで気づかなかったのだろう。わたしの頭上で狂ったように飛び交っているシュプレヒコールの声を抑えて、張りのある明快な口調でしゃべりだしたのは、偽包帯の波木井和人だ。彼は自分こそが自治会の正統な委員長だと自己紹介して、明石委員長就任の不当性と暴力性を克明に語った。

「ですから僕は、自治会委員長の権限として選管委員長を指名し、本日付で正当な選挙管理委員会が発足したわけです。ですから――」

「ちょっと質問」

後方から勢いよく手があがった。

「経過は経過としてあんたの言い分はわかりましたけれどねえ、現実問題としては今、この大学に自治会と選管が二つあって、僕たちはそのどちらかを選んで自治委員を立てるかっていうことでしょう？」

「いえ、自治会も選管も僕たち一つです」

「でも実際は彼女も来ているじゃないですか」

後方でまばらに頼りな気な拍手が起こった。

「とにかく僕たち一年生には、三月以前の真偽はよくわからないわけですよ。あんただけ一方的にしゃべっても片手落ちですからね。彼女の言い分も聞いて、その上で僕たちだけで判断したいと思うんですよ」

拍手がいくらか大きくなったような気がした。

でも、いきなり矢面に立たされても、いったい何を言えばいいのだろうか。わたしは大きく深呼吸をした。

「選管にとって一番大切なことは、公正な機関かどうかということだと思います。現に学校側は明石委員長の自治会に自治会費を下ろしているわけですし、わたしたちは規約に基づいて面接試験を受けてアルバイト学生として選管になりました。規約では選管委員長は教授ということになっていますが、あちらの選管委員長は学生のようです。わたしたちの選管には、数ある左派のセクトはもとより右派と言われる人もノンセクトの人も立候補の受付に来ていますが、はっきり言って、あちらの選管はM青同盟一色のようです。形式的に整っているかどうかが公正であるべき選管の第一条件だと思います」

「じゃあ、あの一月の事態をどう説明するんだよぉ。明石たちはなあ」

「選管の立場として、セクト間のことにまで立ち入ることは、公正な行為ではありませんから、何も言えません」

形式ありきの考え方を否定してきたはずのわたしが、どうしてこんなに向きになって形式論などぶたなければならないのだろう。しかも学校側とか教授などという権威を振りかざして。情けなかった。選管などというお面をすべて投げ捨て、自我を剥き出しにして、なりふり構わずしゃべりだしたい誘惑の中へ、わたしは身をくねらせて今にも飛び込むかと思った。

「それについては、僕が説明します」

高揚した周囲の熱気を一気に制するような低い声がした。半泣きになりかけていたわたしは、そこに臆することのないストイックな表情で、力強く一歩前へ進み出た詰襟姿の明石伸介を見た。

連日のクラスオルグで、すっかり喉をやられていた明石伸介の声は、掠れながらも落ち着いていた。それは張りと艶のある波木井和人の声が、ともすると軽薄に響くのとは対照的だった。人を酔わせるような甘い抑揚はなくても、明石伸介のひと言、ひと言には、実直さが感じられた。

彼こそ東條美津子が待望していた理論的アジテーターなのかもしれない。明石伸介は波木井自治会成立の曖昧さと暴力の相対性とを語った。彼は自らの暴力に対して、一片の悪びれた風もみせない。その毅然とした態度は、爽快でさえあった。

形勢が変わりつつあるのを察してか、波木井和人は薄笑いを浮かべながら、明石伸介のひと言ひと言に、嫌味たっぷりの野次を飛ばす。ところが波木井和人が野次れば野次るほど、逆に明石伸介の好ましい真面目さは、暴力集団明石一派という形容を曖昧なものにしていく。余裕がある時、波木井和人の笑窪が浮かんだ微笑は、あんなに明るかったのに、明石伸介を揶揄している彼の笑いには、粘着質な疲れが滲み出ていた。

「狩野さん、悪かったね」

廊下に出ると、明石伸介は白い歯を見せて無邪気に笑った。

「この貸しは返してよ」

でも、わたしの言葉が、すでに背を向けて歩きだしていた明石伸介の耳に届いたかどうかはわからない。

第二選管の突然の出現で、わたしたち第一選管が動揺している真っ最中、またしても事件が起こった。学館のストライキ闘争で退学処分となった村前委員長が、自治委員に立候補したのだ。日頃は一切顔を見せない選管委員長の法学部教授が、蒼ざめた顔をして飛んできた。教授会が退学処分を決定した以上、立候補を受け付けるわけにはいかないとする教授と、学生側はこの処分を一切認めていないのだから、立候補を受け付けると主張する学生との間で、一時間に及ぶ不毛な論争が繰り返された。

「じゃあ、私は委員長を辞退させてもらうよ」

人の好さそうな穏やかな目を眼鏡の奥でしばたきながら、教授はため息とともに力なくそう言った。

「やむをえません」

法学部三年の選管副委員長森三郎は、ポロシャツの胸を張り、低い声で答えた。

「だいたいよお、学生の自治会選管に教授を引っ張り出すなんて、十年前のセンスだぜ。規約を変えるべきだよ」

教授が出ていったあとのなんとなく気まずい空気の中で、森三郎の野太い声は不自然に響いた。しかし連日のように選管に持ち込まれてくる各セクトの苦情や嫌がらせを処理するのに、森三郎のドスの利いた声は、かなり効果を発揮していた。彼は東條美津子の幼馴染とかで二人でよく立ち話をしている姿を、わたしも見たことがあった。親が医者なので医大を受けさせられたが、どうしても気が進まず、白紙答案を出し一浪したあと、このC大法学部に入ることを親に許されたという。綿密な思考力には欠けるところはあったが、おおらかな性格と、見ていて気持のいいほどの決断力が魅力だった。

学生運動をやっている学生たちには、初対面の人間に相手の出自や家庭のことを無遠慮に尋ねる者が多く、わたしは初め戸惑った。平凡なサラリーマンの家庭で育った自宅通学のわたしには、出自などと言われても取り立てて他人に話せるようなことは何もなかった。まして人間関係で大切なことは、個と個との触れあいだと思っていたわたしにとって、相手の出自や家庭はもとより、符号でしかない名前さえもどうでもいいものだった。人そのものではなく、相手の周辺のことをあれこれ知ることは、かえって互いの結びつきを浪花節めいたものにして、関係を曇らせてしまうと思っていた。ところが彼らは政治や社会という視点から、なんの屈託もなく初対面のわたしにその出自や家族構成を尋ねるのだった。

「みっちゃんって、すげえいい女になったな。なあ狩野さん、どうしてだろう」

「さあ、どうしてだろう」

森三郎の口調を真似て首を傾げながら、それはわたしの方で聞きたいことだと思った。脳裏に一瞬、明石伸介を見あげた時の、東條美津子の艶めいた流し目が浮かんで消えた。

「彼氏でもできたのかなあ」

その言葉を笑って聞き流しながらも、わたしの心が波打ってきたのはなぜだろう。ふと入口に慌ただしい人の気配を感じてわたしは振り返った。両手をズボンのポケットに突っ込んだまま宮永大が肩をゆらして入ってきた。

「なあ森よ、第二選管っていう言葉はまずいぞ。私設選管にしろよ。私設選管。タテカンも書きなおして、ガリを切って今日からでも大量にばら撒くんだな」

森三郎の怪訝そうな表情を無視し、言うだけのことを言ってしまうと、宮永大は突然顔いっぱいに子どもっぽい笑みを浮かべてわたしを見た。

「狩野さん、立候補の届け出に来たんだ。頼むよ」

わたしは椅子から跳ねあがると、弾むような足どりで受付の机まで飛んでいった。

「八年生の学生証ってどんなの？　見せてえ」

宮永大の学生証を受け取ったわたしは、耳から入ってくる自分の声の甘さに、一瞬顔が赤らむような戸惑いを感じた。

「狩野さん、お茶飲みに行こうか」

「だめよ。選管が終わったらね。公正な立場っていうものがあるんですからね」

ともすると弾んできそうな声を押し殺してわたしは顔を伏せ、宮永大の学生証を写しはじめた。

「気をつけろよ、狩野さん。大さんはいつも女の人を誘っておいて奢らせるんだから。女癖も悪いしよお」

背後から声をかけた森三郎の口調に、冗談にしては暗すぎる棘のようなものを感じた。

初めわたしには、波木井和人たちの選管を第二選管と呼ばずに私設選管と呼べと言った宮永大の意図がわからなかった。しかしあの手この手で宣伝された〈私設選管〉という言葉は、一週間も経たない内に、驚くほどの力となって、みるみる効果をあげていった。私設選管という言葉が連日クラスへ入るわたしたち選管の口から、自治委員の口から、さらにはビラや立看板に黒々と書かれた大きな文字から、絶えず学生の中に反復されていき、いつの間にか学生たちがなんの抵抗もなく〈私設選管〉という言葉を使う頃には、言葉でしかなかった〈私設選管〉はその裏に重い実体を担って、学生たちの目前に立ち現われたのだった。わたしたちの選管は公的なもので、波木井和人たちの選管は私的なものという感覚が、深く染み込んでしまったのだ。

「不思議なもんだなあ。活動をやっている限り女には不自由しないもんな。革命の話さえしていりゃあ、何も手を出さなくたって、女は向こうから寄ってくるからなあ」

選挙管理委員会室に来て、大声で馬鹿話をしている宮永大を凝視しながら、わたしは何度も同じことをつぶやいていた。

（この人は言葉の怖さを知っている。言葉の力を知っている）

苦境に立たされながらも、M青同盟委員長の波木井和人は精力的に動き回っていた。わたしたち選管の仕事はすでに二週目に入っていた。立会演説会の立会人としてクラスへ入るたびに、わたしは至るところで波木井和人と顔をあわせた。

「なんだかやつれちゃったみたい。大丈夫？」

波木井和人と目があうなり、わたしは思わず彼のこけた頬に片手をそっと伸ばした。熱をおびたように潤んだ彼の目が弱々しく笑い、頰に笑窪が浮かんだ。

「ビタミン剤でも買ってきてあげましょうか？」

「強壮剤にしてもらいたいなあ」

わたしを見下ろしながら笑っていた波木井和人の顔が、しかし一瞬引き締まって、うしろに立っている学生を振り返った。

「狩野さん、僕たちの選管委員長の大野君。よろしくね」

「初めまして」

水色の腕章を巻いた〈私設選管〉の委員長は、無言のまま頰を強張らせ、引きつったような顔でわたしを見た。波木井和人は澄ましている。敗北の濃くなってきた選管抗争に、彼はまだ望みを抱いているのだろうか。それとも波木井和人があえて選管をつくったその裏には、もっと深い政治的な思惑があるのだろうか。わたしは波木井和人が目をそらすまで、自分でも気づかずに、まじまじと彼を見つめていた。


そんなある日、一人の男が選管の部屋にフラリと入ってきた。両手を上着のポケットに入れ、口笛でも吹きかねないような何気なさで、男はゆっくり選管副委員長、森三郎の前に立った。

「なんだ、立会演説会の申し込みだったら、あっちの机でやってくれ」

「いや、森さんよお、見てもらいたいもんがあるんだけどなあ」

森三郎は目を通していたノートから顔をあげて男を睨みつけた。

「こちとら忙しいんだからな。はっきり言ってくれ、はっきり」

男は意味あり気に笑いながら、胸ポケットから一枚の名刺を取り出した。

「こういうのは、選挙違反の項目に抵触するのと違うか。スローガン入りの名刺だ」

森三郎はいきなり男から名刺を引ったくって、まじまじと眺めた。わたしたち数人も驚いて名刺のそばへ駆け寄っていった。表には二人の名が連名で、裏にはスローガンと自治委員へ立候補する旨が刷られていた。別に選挙違反などと大袈裟に騒ぎ立てるほどのものでもないと、とっさにわたしは思った。

「ちょっとこれ、預からせてもらうぜ」

「それは構わないけど、ちゃんと然るべき措置をとってくれるんでしょうねえ。結果も教えてもらいたいなあ」

「選挙管理委員会に諮《はか》ってから、それからだな。今日のところは引き取ってくれ」

不敵に笑いながら出ていく男のうしろ姿を目で追いながら、森三郎は吐き捨てるように言った。

「汚ねえ野郎だなあ。この名刺のやつらの足を引っ張れば、あの男のセクトは法学部から二名の当確を出せるんだ」

その日の夕方開かれた選挙管理委員会の会議は、実に奇妙なものだった。あとでいくら考えてみても、なぜあんな結果になってしまったのか、わたしにはどうしてもわからなかった。

「確かに選管の規約からすれば、名刺に選挙ポスター紛いのことを書き入れるのは選挙違反だ。でも、それほど悪質なものではないし、一応両名を呼んで注意する。その程度でいいんじゃあないかなあ」

二十数名の選挙管理委員は、この意見にうなずいた。誰もがその辺が妥当な線だろうと思っていた。ところがたった一人、選管はもっと確固たる態度をとるべきだと強く主張した者がいた。副委員長の森三郎だった。

「いいかあ。名刺に主義主張を刷り込んで配って、それが注意だけで終わるんだったら、選挙違反はどんどんやった方が得だ。そうなったら収拾がつかなくなる。この際思いきって被選挙権の剝奪といった強い態度をとっておかなけりゃあ駄目だ。選管にはそれくらいの潔癖性と、厳正さがあっていい。選管がナメられたら、選挙制度は滅茶苦茶になる」

「被選挙権の剝奪は、いくらなんでもちょっと気の毒だよ」

「それならほかに何か方法があるのか？」

「例えば自己批判書を書いて、中庭に貼り出すとか……」

「そんなことしてみろ。かえって名前が売れて、逆に喜ばれるぞ」

「しかしねえ、今の選管の規約が問題なんだよな。自分の主義主張を訴える機会と言ったら、三回の立会演説会と、たった五枚のポスターしかない。もっと自由にできるシステムが必要だよな」

「それはわかる。しかし規約は規約だ。規約にのっとって動くのが選管だ。俺たちは国会の代議士とは違う。学生だ。学生だからこそ、少しの不正も許しちゃあいかんのだ」

「でもなんだか見せしめみたいで、わたしは嫌だなあ」

わたしの言葉に、森三郎はニヤリと頬を緩めた。

「これは見せしめとは違う。選挙制度というものの尊厳の問題だ。何万という学生の信頼がかかっているんだ」

話しあえば話しあうほど、わたしを含めた選挙管理委員は、森三郎の力強い論理に押しまくられていった。そして最後に気づいた時、一人の男子学生を除いた全員が、被選挙権剝奪の意見にいつの間にか賛成の挙手をしていた。

翌日選挙管理委員会は、選挙違反をした黒沢哲と加藤幹夫を呼び出して被選挙権を一年間停止すると伝えた。黒沢哲は無言でわたしたちを睨みつけたが、加藤幹夫は突然泣きだした。

「自治委員に立候補できないということは、僕の活動家生命も絶たれるということなんだ。僕は学生運動にすべてを賭けているんだ。お遊びじゃあないんだよ。僕に死ねと言っているのと同じなんだ」

男兄弟のいないわたしは、二十歳を過ぎた男が泣く姿を初めて見て動揺した。しかし森三郎は動じない。

「規約にのっとって、選挙管理委員会が決定したことですから、残念ながら立候補は受理できません」

その日から、わたしたち選管は至るところで、彼らのセクトの妨害に遭った。立会演説会の真っ最中、いきなり教室に入ってきて、選管糾弾のアジテーションをぶったり、選管や選管個人の誹謗や中傷を書いたビラを大量にばらまいたり、選管の部屋にデモを仕掛けたり、あの手この手の嫌がらせだった。選管の仕事を終えて部屋に帰ってくると、森三郎と黒沢哲が激しい口調で罵倒しあっている場面に出くわした。

「言ってみろよ。釈明してみろよ。選管はみんなS学同盟の息のかかったやつばかりじゃあないかよお。一人一人暴き出してやろうか」

「ああ、望むところだ。やってもらおうじゃないか。何が出てくるか見ものだぜ」

それはもう憎しみ以外の何ものでもなかった。

わたしも階段の途中で黒沢哲につかまったことがあった。

「ペンクラブの狩野涼子さんでしょう！」

目があうなり彼は、鋭くわたしを指さした。黒のズボンにざっくりした黒のトックリセーター。黒ずくめの彼は、どこかとても強そうに見えた。わたしは何も言えなかった。ただ身を硬くして黒沢哲を見返すのが精いっぱいだった。でも彼もそれ以上は何も言わなかったし、何もしなかった。いきなりわたしを指さし、名前を叫ぶことで、わたしの恐怖心を充分に駆り立てたと思ったのかもしれない。

でも、そんな彼らに腹を立てるよりも、できることなら避けて通りたいというのが、わたしの本心だった。やはり気の毒だという気持を拭うことはできなかった。

梅雨に入ったとはいえ、爽やかに晴れ渡った中庭で、いよいよ投票が始まった。無差別で選ばれた二名の立会人によって、空であることが確認された投票箱は封印され、四ヵ所に捺印された。中庭でのわたしたちの仕事は、手元にある名簿と各学生の学生証を確認し、その両方に投票済の印を押して、学部ごとに色分けされている投票用紙を渡すという簡単なものだった。

投票期間も四日目を迎え、仕事もすっかり軌道に乗ってきた頃、風呂敷包みを小脇に抱え、古びた背広を着た長身の学生が、中庭の投票所にやって来た。真っ赤なセーターや細身のスーツを粋に着こなした学生ももちろんいたが、この質実剛健の大学には風呂敷包みを抱えた学生や、下駄をはき腰に手拭をぶら下げたひと昔前の蛮カラ学生の姿も少しは残っていて、それが少しも異質でない雰囲気が確かにあった。長身の学生はわたしの前に黙って立つと、胸ポケットから薄っぺらな紙切れを出して机の上に置いた。

「あの、学生証を――」

言いかけてわたしは口をつぐんだ。差し出された紙切れには、

〈学生証預かり書

当店は飲み代の肩代わりとして一時、瀬川竜介君の学生証を預かっていることを証明します〉

と達筆で書かれ、左下に〈神保町・兵六〉と、飲み屋の店名らしき印が黒々と押されていたからだ。わたしは不可解な思いで顔をあげた。瀬川竜介はその整った顔立ちには不均衡なややつりあがった眼を爛々と光らせて、射るようにわたしを見ていた。その視線をはね返すには、相当のエネルギーを要した。わたしは目の前の紙切れを手にして、もう一度意味もなくゆっくりと読み返した。

「やっぱり、これでは困ります」

どこまで形式を押し通そうとするのだろうと情けなくなりながらも、わたしは紙切れを突き返そうとした。しかしそれよりも早く、瀬川竜介は、端正な、どちらかと言えば翳りをおびた顔とは裏腹の熱っぽい口調で滔々《とうとう》としゃべりだした。怖いほどに澄んだ目はひと時もわたしから離れない。自分は自治会会員である。したがって当然投票の権利がある。学生証は仮の証明書に過ぎない。学生証が飲み屋に保管されているという証明がある以上、自分には投票の権利がある。瀬川竜介はたたみかけるようにわたしを説得しようとする。

「でもこれだけでは本人であるかどうかわかりませんし……」

「ではあなたは、あなたがあなたであるということをどうやって証明するのか。学生証などいくらだって偽造できる。僕が僕であることを、あなたは学生証によって証明せよと言うのか」

わたしの頬が次第に紅潮してくるのがわかった。瀬川竜介からは本気の熱い思いが、痛いほどに伝わってきた。その口調には切り立つような鋭さはなくても、力強さがあふれていた。そもそも学生証を飲み代替わりに飲み屋へ預けたりするのが悪いのだという簡単な理屈が、不思議なことに彼の前ではひどく卑小に映って、わたしにはそれを思い浮かべることさえ憚られた。

「でも……」

わたしの〈でも〉は、いつの間にか弱々しく頼りな気に収縮してきた。

しかし助け舟が来た。知らせを受けて森三郎が中庭に飛んできた。彼はいつもはかけない黒縁の眼鏡をかけていた。喧嘩やいざこざが起こるといつも彼は、黒縁の眼鏡をかけてくる。眼鏡によって顔が引き締まり、ちょっとだけ凄みが出るのを自分でも知っていたのかもしれない。

「なんだ。瀬川さんでしたかあ」

荒々しい剣幕で飛んできた森三郎の表情が、風呂敷包み片手の長身の学生をひと目見るなり、なんの警戒心もなく、たちまち柔和に崩れた。

森三郎のひと言で瀬川竜介とわたしの押し問答は、すぐに決着がついた。投票を済ませて帰っていく長身のうしろ姿を目で追ってからわたしは、不満の思いを露わにして、森三郎を見あげた。

「学術連盟の政治学会にこの人ありというほどの有名人だ。やむをえんだろう」

「そんなこと理由にならないわ」

でもその時、わたしの言葉に心はなかった。わたしは吸い寄せられるようにして、瀬川竜介のうしろ姿をいつまでも目で追っていた。

「ああいう人をノンセクトラジカルって言うんだろうな」

わたしの視線に気づいてか、森三郎はふと真面目な調子でつぶやいた。学生会館の管理運営権を巡るストライキを去年、一昨年と二度経験しているためか、各サークルやゼミ、研究会にはどこのセクトにも属さない活動家が大抵数人はいた。ひとたび闘争が起これば、それが学内のものであれ、学外のものであれ、なんの組織も持たない彼らはなんらかのセクトに吸収されていった。しかし闘争が終わるとまた各サークルやゼミ、あるいはクラスへと彼らは帰っていく。その中から、何かどえらいエネルギーが生まれてくるのではないかという予感と期待を一番持っていたのは、ほかならぬセクトの権化のような宮永大だった。

「瀬川さんと大さんは同じくらいの歳なんだよ」

森三郎は、瀬川竜介が中学を卒業して一年ほど働いてから高校へ行き、高校卒業後また数年働いて大学に入った苦学生で、今五年生だと言った。

それよりもおかしいのだと、森三郎は突然声をひそめた。そして、選管内部で不正行為を行っている者がいるようだと淡々とした口調で言った。

「えっ?!」

それがあまりにも何気なく言われたので、わたしは思わず聞き返した。

「法学部の投票用紙がいつも足りなくて、他学部のが必ず余るから、どうもおかしいと思っていたんだ」

森三郎の推測が当たっていれば、その不正行為はからくりこそ単純だが、しかしかなり巧妙な手口と言えた。投票に来た学生へ投票用紙を手渡す選管一人を抱き込めば成功するからだ。例えば、商学部内でしか投票権利のない商学部の学生が、学生証と名簿に投票済の印をもらい、投票用紙だけ法学部のものを受け取って法学部の立候補者名を記入する。全部の学部に立候補者を立てる力のない小セクトにとって、立候補者を立てていない学部の票を死票にすることなく、一カ所に集中させることが可能になる。まさに苦肉の策だ。

中庭に明るく降り注ぐ太陽の光が、森三郎の眼鏡の縁を七色に色分けてきらめいていた。森三郎を見つめるわたしの視線に、黙ってうなずき返しながら、彼は突然話題を変えた。

「今夜、飲みに行こうか」

「……でも誰なの？　その人」

山口好江だと、森三郎は断言した。

「あの、女の子？　二年生の？」

色白の目の大きな少女の顔が浮かんだ。ポニーテールにまとめた髪をゆらして歩く姿は、まだ高校生のように初々しい。

「それで、追及するの？」

「彼女はSインターのシンパなんだ。公にしても対外的にまずいからな。これからマークしといてくれないか。それより今晩、暇なんだろう？」

彼はなぜか話題を変えたがった。でも、わたしの頭から、山口好江の弾むような笑顔はなかなか引いていかなかった。

神田で飲み、新宿へ出て飲み、ほかの男子学生二人とともに、やっと森三郎のアパートにたどり着いた時、わたしはかなり酔っていた。森三郎はいつも相当派手に飲む方だったが、わたしが先に酔ってしまったためか、それとも心にかかることでもあるのか、その夜の彼は妙におとなしかった。

「お前の親父、でかい病院の院長かあ？」

一緒に来た学生が大声を出すのも無理はなかった。アパートといっても、森三郎の部屋はバストイレ付きで、八畳ほどの洋間とそれより少し小さな和室と簡単なキッチンの付いた、貧乏大学の学生にしては贅沢な住まいだった。

「どうも女の匂いがするなあ」

もう一人の学生が、鼻孔をふくらませて周囲を嗅ぎ回った。別に否定もしないで、森三郎は黙ったまま冷蔵庫からコーラを取り出した。褐色の液体を四つのグラスに均等に注ぎながら、彼は絶対にコーラを飲まない教授の話を始めた。

「ゼミの合宿でなあ、喉が渇いたって言うんだよ。コーラを買ってきたらなあ、アメ帝のコーラは絶対に飲まないって言うんだ。でも先生、コーラしかないんですって言ったらな、じゃあ君、ラベルを剥がしてこいって言うんだ。ラベルだって剥がしようがないだろう。仕方がないから、ビンにきれいに包帯を巻いて持ってってやったよ。コーラを飲んじゃってからの言い種がいいんだ。真面目な顔をして、君、僕がコーラを飲んだことは黙っててくれ、ときたあ」

沸き起こった笑いの中へ一緒に引き込まれながら、わたしは壁に飾られた写真に目を移した。そこには真っ白なスーツを着た東條美津子が、ちょっと気どった姿でカメラに向かって微笑んでいた。

「これ、彼女のお見合い写真かしら」

独り言のようにつぶやいたわたしに向かって、森三郎の息づくような声がすぐに返ってきた。

「色っぽいだろう」

そこには少しの狼狽も照れもなかった。森三郎の部屋の壁に、こうして自分の写真が飾られていることを美津子は知っているのだろうか。もっとよく見ようと立ちあがったわたしの足元が、突然頼りなく宙に浮いた。ゆっくり回る床と天井の間に挟まれて、平衡感覚を失ったわたしの身体は一瞬傾いたが、すぐにがっしりとした森三郎の大きな腕に支えられた。

和室に敷かれた蒲団の上に横になってからも、わたしの意識はやけに冴えているのに、酔いが回った身体は重く沈んで寝返りさえままならない。どこからか電話がかかってきて、

「うん、うん。わかった」

森三郎の押し殺したような声が、わたしの頭上を波打ちながら越えていった。

それにしても、よりによってあんな日に、森三郎はどうしてわたしを誘ったりしたのだろうと、あとになってからも何度も何度も自問した。もしかしたら彼は、わたしにあの現場を見せたかっ

たのだろうか。なんのために？　彼はわたしを共犯者にしたかったのだろうか。それとも単に汚いものを見せてやろうというサディスティックな思いでもあったのだろうか。

ウトウトしてから、どれくらいの時間が経ったのだろう。醒めているつもりで眠っていたのかもしれない。閉められた襖の隙間から、ひとすじの光がもれていた。

「まだ起きていたの。もう夜中の三時よ」

と、勢いよく襖を開けて洋間へ入っていったわたしの姿に、何か作業をしていた二人の学生が、あっと声をあげて素早く手を止めた。ただ森三郎だけは、絨毯の上に胡坐をかいて座ったまま低く流れるムードミュージックに乗ろうともせず、厚い肩に翳りのようなものを漂わせて、押し黙っていた。絨毯の上には黄色やピンクや水色の、見覚えのある投票用紙がカードのように並べられていた。事態がのみ込めずに、いやのみ込めてもそれを消化できずに立ちつくしているわたしを、なんら悪びれるところもなく森三郎はじろりと見あげた。睡眠不足からか、目を充血させた彼の顔は、しかし不敵に身構えていた。部屋中に、一瞬刺すような緊張感が走った。

「わたしも手伝うわ」

わたしには自分で言った言葉の意味が、その時本当にわかっていたのだろうか。黙り続けているほかの二人を無視して、わたしはその場に座り込み、投票用紙を手にした。そこには崩してはいても明らかにそれとわかる森三郎の筆跡が見え、村前委員長や宮永大、東條美津子、そしてあの明石伸介の名が、堂々と書かれていた。

森三郎たちの不正行為に対して、怒りやアレルギーを感じるよりも先に、何がなんでも権力を握ろうとするその凄まじい行為の中に、逞しさやエネルギーを感じてしまったのは、わたしの潜在的な資質だったのだろうか？

ところがいよいよ開票の日、蓋を開けてみると、必ずしもS学同盟の快勝ではなかった。明石委員長と宮永大は、圧倒的多数の支持を得て当選したものの、村前委員長は最下位で落ち、副委員長は落ち、書記長は二票差で敗れ、東條美津子も落選した。僅差で主流派の地位を辛うじて守ったとはいえ、明石伸介委員長らS学同盟にとっては危うい結果だった。

「M青同盟がこっちの選管に立候補していたら、アウトだったかもしれんなあ」

そんな森三郎の言葉を、わたしは腹立たしい思いで聞いた。

「水増し投票して敗れたりしたら、喜劇だわ」

わたしの言葉が聞こえているのかいないのか、彼は腕組みしたまま、次々と中庭に貼り出されていく投票結果をじっと見あげている。どうしてもっと確実に、もっと徹底して不正を働かなかったのだろう。わたしは多数決の原理や、民主主義や議会主義という、生まれてきた時からずっと教えられてきた価値観を、彼らの不正行為があまりにも逞しく不敵だったというただそれだけの理由で、きれいさっぱり捨てたのだ。あの時からわたしは、混乱して渦巻く頭の中を懸命に抑えて、これからのわたしの価値基準を、正しいか正しくないかではなく、魅力があるかないかによって決めようと思ったのだ。それなのに、こんな中途半端な結果は、結局不正票への罪悪感があったからにほかならない。

「いくらなんだって、あんまり滅茶苦茶なことはできないよ。あいつら、俺たちに頼り過ぎているんだ」

森三郎の中にも、彼なりの怒りがあったのかもしれない。

「緻密なクラスオルグもしないで、派手な闘争ばかりやりたがる」

明石伸介が学生運動の表なら、彼は裏という存在なのだろうか。

「さあぁ、今夜は飲むぞお」

わたしの背を軽く叩いて、彼は歩きだした。そのあとを追おうとしたわたしは、突然背後から声をかけられた。

「狩野さん、ちょっと」

M青同盟の波木井和人が、真剣な目をしてそこに立っていた。彼の周辺に漂っていたのは、どこか秘密めいた暗さだった。無防備な目で彼を見たわたしは、しかしすぐにはっとして、身を強張らせた。何も言わなくても彼の暗い真剣な目は、わたしを個人的にではなく、もっと大きな学生運動の組織の中へ巻き込もうと、強く決意しているようにみえた。今まで二人の間にあった、ちょっと余裕のある、軽い関係を超えて、わたしを組織の中へ引きずり込もうとしているのだと、わたしは直感した。さまざまな人間模様を見せてくれる学生運動の正体を、客観的に見てみたいと思っていたわたしだったが、森三郎たちのあの行為に加担してしまった以上、もうあとへは戻れないと思った。

「話があるんだ」

「嫌よ」

一、二歩あとずさりしたわたしの目に、波木井和人の暗い目が一瞬ぴたりと重なり、すぐに何事もなかったように軽くはずされた。その瞬間から、今まで二人の間にあった軽い会釈や、はにかんだ微笑や、いくらか毒を含んだ快感の伴う会話のやり取りはあっけなく消えてしまった。波木井和人はいろいろな顔を持っている。彼の目は、あの笑窪の浮かんだ明るい微笑からは想像もできない迫力でわたしを睨み、不意にその場を立ち去っていった。同時に反対側へ歩きだしながらも、わたしの胸にはやるせない悲しみに似た思いが沈んでいった。

その夜のコンパは初めから不穏な雰囲気とともに始まった。店との具体的な打ち合わせのために早めにコンパ会場に着いた森三郎とわたしは、店の前で待ち受けていた選挙管理委員の久保内武彦に絡まれた。

「お前、もう酔っているのかあ」

しかし大柄な身体に寸足らずのダスターコートを羽織った彼の言い分は、いくら飲んでいたとはいえ、実にすっきりしていた。

「い、いちまんだな。一万。それで手を打ってやるよ」

「馬鹿を言え」

どもり気味な久保内武彦の言葉の裏に、何をしでかすかわからないような危険を感じて、わたしは身体を強張らせた。しかし森三郎は軽くいなそうとして、かえって相手を刺激してしまったのかもしれない。

「と、とう票のこと、バ、バラされても構わねえのか。ネ、ネタはちゃあんとあがってるんだぜ」

コートのポケットに両手を突っ込み、半身に構えている久保内武彦の姿は、それだけでさまになっていた。

「なあ、か、狩野さんよお」

酒臭い息を、故意にわたしの顔面に吹きかけながら、値踏みするような目でわたしを見た。薄汚れたワイシャツの胸元へ、今にも引きずり込まれそうなほど近くに、久保内武彦の息遣いが迫ってきた。身体を緊張させたまま、それでもわたしは彼を見あげた。久保内武彦は口だけ開けて声のない笑いをもらすと、ゆっくり顔を背けた。しかし、どうしたのだろう。何を思ったのか突然森三郎は、洒落たジャケットの胸ポケットから五千円札を取り出し久保内武彦の手の中へ押しつけた。

「これ以上はびた一文出さないからな」

きっぱりと念を押した彼の口調は、しかしそれほど怒っているようには見えなかった。一方、一万円は初めからハッタリだったのか、久保内武彦はおとなしく一枚の紙幣を丁寧にたたむと、コートの内ポケットにしまい込んだ。

「こ、今夜は、の、飲ませてもらうぜ」

うっすらと笑った久保内武彦の笑いの中に、わたしは頽廃や卑屈さを見ようとした。きっと見えると思った。でもその時わたしが見たものは、不正投票の小細工をしている真っ最中、森三郎がわたしに見せたと同じ、あの毅然とした不敵さだった。

「ゆすられちゃったわね」

わたしは自分の言葉の調子に少しの翳りも嫌味も感じられなかったことが嬉しかった。

「あいつも昔はゴリゴリの有望な活動家だったんだよなあ」

「でも、どうしてバレたの？」

何も言わない森三郎の横顔を見て、わたしははっとした。あの不正は選挙管理委員会副委員長が代々受け継いでいる極秘事項なのかもしれない。

逞しいもの、逞しいものと、片っ端から認めていこうとするわたしのこの際限の無さはなんなのだろう。しかしそれはなぜか破れかぶれの快感でもあった。それにしてもさっき教室の前で東條美津子と立ち話をした時、彼女のあまりにも的を射た言葉は、一般論として語られてはいたが、わたしへの忠告だったのかもしれない。

「女はひとたび活動を始めると、その中のことをなんでもかんでも認めようとするから、たちまち混乱してわからなくなっちゃうのよ。この地点では譲り、この地点では譲らないという、一線があってもいいと思うの。すべてを理解しなければ動かないというのは誤りだけど、動きだしたらすべてを認めなければならないというのも間違いなのよ。出たいデモには出るし、わからないデモには出ない。それでいいんだと思うの」

でも、もう遅いとわたしは思った。目の前に起こることすべてを、いちいち認めるか否かを秤にかけていたら、疲労困憊してしまってエネルギーを無駄にするばかりだし、それこそ大局を見逃してしまわないとも限らない。第一わたしには〈魅力を感じるか感じないか〉という一線がある。そんな自分の感性を信じるよりほかないと、わたしはいくらか居直って、自身にそう言い聞かせた。

乾杯のあと、真っ先に発言を求めた二年生の言葉は、わたしの胸に痛く刺さった。

「ぼくは、森さんはじめみんなに謝らなければならないんだ。いろいろ噂もあったから、選挙管理委員会にはS学同盟というヒモが付いていて、彼らの言いなりだし、時には不正行為もあるんだろうと思っていた。僕はその実態をこの目で確かめたいと思ったんだ。でも、僕は本当に選管の姿勢に感心しました。公明正大な会だということがわかって、嬉しかったです」

それに応えて真っ先に拍手を送ったのは、森三郎だった。胡坐をかいたまま、なんの屈託もなく手を叩き続ける彼の表情は、三週間に及んで公正と陰謀の狭間をかいくぐってきたにも拘《かかわ》らず、あきれるほど自然に明るかった。そして今の発言者の横では、投票用紙のすり替えを巧みに実行していた山口好江が、大きな目を可愛く動かしながら、嬉しかったですと言い終わって座った二年生のコップにビールを注いだ。色白の肌にくっきり引かれた赤い口紅が、ひどく艶めかしく動いている。二人のグラスが静かに合わされ、交わした視線には、はにかむような微笑が浮かんだ。

運管は公明正大でしたと頭を下げた二年生と、わたしの出発点はまったく同じだった。それなのにたった三週間で、彼は何事もなく元の生活へ帰っていこうとしているし、わたしは戻ることができずに、得体の知れない学生運動の中へ、今、のめり込もうとしている。何が二人を分けてしまったのだろう。わたしは握っていたグラスの中の液体を一気に喉へ流し込んだ。

その時突然、コンパ会場に怒声が行き交い、先刻まんまとゆすりに成功した久保内武彦が、こめかみに青筋を立てて立ちあがるのが見えた。何か怒鳴っているが、興奮しているせいか聞き取れない。彼は手近にあったビール瓶をつかむと、いきなりテーブルめがけて叩きつけた。砕けるガラス、飛び散るビールの泡。一瞬、時間が止まったかのような静寂の中へ、素早く割って入ったのは、やはり森三郎だった。

「やめろ！　喧嘩なら外でやれ。外へ出ろ！　店に迷惑だ！」

店の仲居さんが、箒と雑巾を持って飛んできた。

「すいません。僕たちがやります」

森三郎は、仲居さんから箒を奪い取るようにすると、テーブルの下を掃きはじめた。わたしも慌てて雑巾を受け取り、せっせとテーブルを拭いた。山口好江たちも掃除に加わった。

「怪我はなかったのね」

母親ほどの年齢の仲居さんはそう言って部屋を出ていこうとした。そのうしろを追うようにして森三郎が声をかけた、

「すいません。ご迷惑をおかけしました」

彼はジャケットの内ポケットから紙幣を取り出すと、素早く仲居さんの手に握らせた。彼の内ポケットは打ち出の小槌かと思いながらも、その世慣れた〈大人〉の対応に、頼もしさを感じた。

初めインターナショナルで始められたコンパでの歌は、各自の故郷の民謡に変わり、大学歌に変わり、酔いが次第に回るにつれて、猥歌へと移っていった。わたしたち女子学生への配慮からか、さすがに立ちあがって森三郎がこれを制すると、一時ぴたりとやんだ歌声は、しかし次の瞬間、突然荘重な軍歌となってよみがえった。今夜は飲むぞと宣言していた森三郎なのに、責任者という立場を抜けきれないのか、一番酔っていないのは彼だった。わたしはビール瓶を持って立ちあがると、引き寄せられるようにして森三郎の横に座り込んだ。

「安心して酔うこともできないわね」

「ああ、二次会で心置きなく飲ませてもらうよ」

わたしは琥珀色の液体が森三郎の喉元へ呆気なく流し込まれていくさまに見惚れていた。

「あいつ、また始めやがったな」

つられて顔をあげたわたしは、奥の席に直立不動の姿勢で突っ立っている久保内武彦の大柄な姿を見た。ついさっきの喧嘩も忘れてしまったのだろうか？　真っすぐ伸ばした指先をぴたりと脇につけて、生真面目な口元から厳かに流れ出たのは、〈君が代〉だった。

「君があ代は、千代に八千代にさざれ、石の巌となりて、苔のむすまあで」

久保内武彦を見あげて、笑っている者、野次っている者、けしかけている者はあっても、左翼の風上にも置けないやつだと怒っている者はいない。

「パラドックスのつもりにしては、捻《ひね》りが足りないわ」

「あれで結構本心なのかもな」

森三郎とわたしは、互いのグラスを合わせて、意味もなく乾杯した。


自治会委員長明石伸介が、右翼のリンチに遭ったという噂は、地下を這うようにしてひそかに入ってきた。それを聞くなりわたしはひどく動揺して、夢中で自治会室へ走った。

自治会室はいち早く情報を聞きつけて集まってきた活動家や明石伸介の個人的な友人でごった返し、殺気立っていた。

「畜生。あいつら、ナメてやがるんだ。これ以上おとなしくしていることはねえよ」

誰かが凄みのある重い声で叫んだ。明石伸介は以前にも、自治会執行部の人事と予算の割り振りに不満を持つ体育連盟数人に囲まれて、うしろから木刀で頭を叩き割られたことがあった。しかし右翼のリンチに遭っても、報復のまた報復が恐ろしいのだろうか。右翼に襲われたという事件は何度か耳にしたが、今まで右翼を襲ったという噂を聞いたことはなかった。

周囲のざわめきをよそに、自治会室の中央は、妙に静かだった。てっきり病院へ運ばれたものと思っていた明石伸介は、机の上に敷かれたせんべい蒲団にうつぶせになっていた。そばで東条美津子が、水で絞ったタオルを、彼の背中へそっとあてがっている。はやる気持を抑えて、わたしは机を並べてつくった臨時のベッドへ近づいた。

「いつやられたの?」

「ゆうべですって」

東條美津子の手元に目をやって、わたしは戦慄した。シャツがたくしあげられ、剝き出しになった彼の背中は、一面どす黒く変色していた。思わず小さく叫んだわたしの声に、明石伸介は目だけをあげて反応した。

「頭は大丈夫だったの?」

「うん。片足を机のへりにかけられて、棒で滅多打ちされた時は、てっきり折れたかなと思ったけど、案外折れないもんだなあ」

美津子へ問いかけたつもりのわたしの言葉に、明石伸介が意外なほどケロリとして、他人事のように答えた、周囲の殺気と比べて、彼のひょうひょうとした態度は、やはり妙な感じだった。

突然、入口の鋭い罵声に、部屋の中にいた者は全員、ギョッとして身構えた。慌てて壁に立て掛けてあった角材をわしづかみにした者さえいた。角材の先には、至るところに錆びた釘が打ち込んであったから、かなり危険な武器になった。床を踏み鳴らす乱れた足音が、すぐそこまで近づいてきた。と、緊張して棒立ちになっている全員の前に、一人の小柄な男がのめり込むようにして入ってきた。いや、入ってきたのではなかった。誰かに背中を強く小突かれ、自治会室の中に突き飛ばされたのだ。

「この野郎、ノンポリ学生の振りしやがって、俺たちの情報をMコロへ流してやがったんだ」

大声をあげてドアの向こうから現れたのは、黒縁の眼鏡をかけた森三郎だった。突き飛ばされて心ならずも自治会室に飛び込んできた貧相な男に比べて、森三郎は惚れ惚れするほど逞しく見えた。パラリと乱れて額にかかった前髪を払おうともしないで、彼は余裕たっぷりに一人笑った。一瞬、緊張を解かれた周囲の学生たちは、しかし、体育連盟へ殴り込みをかけようとは、どうしてもスムーズに流れていかない鬱積した思いのやり場に飢えていたのかもしれない。不幸にもそんな時、この場に投げ込まれたのが、この貧相な男だった。森三郎が捕らえてきた獲物に、彼らは先を争って飛びかかった。ワイシャツの襟首をむんずとつかまれ、ほとんど引きずられるようにして小柄な男は、自治会室の奥へ連れ込まれた。

右翼への腹いせを、この弱々しい一人の男で晴らそうというのだろうか。何か割り切れない混乱が、わたしを迷わせた。でも、次にわたしが選んだ行為は、この不穏な成り行きを止めることではなく、見ることだった。しっかりと自分の目で見なければと思った。椅子に座らされ、放心したように無抵抗状態の小柄な男を見ようと、わたしは一歩前へ身を乗り出した。ぐったりしている貧相な男を取り囲む男たちの中で、より興奮し彼を小突いていたのは、おかしなことに顔見知りの活動家ではなくむしろ、いわゆる一般学生だった。森三郎は一歩離れたところで、腕組みしたまま事の成り行きを静観していたし、宮永大は一人の学生と話すのに夢中で、この騒ぎを気にもとめていないかのようだった。いきなり重く鈍い音がして、見れば貧相な男の唇からはひとすじ赤い血が流れていた。裂けた唇を手の甲で拭いながら、しかし彼の顔に恐怖はなかった。彼は虚ろな目で、ぼんやり床を見ていた。

「よおし」

ポキポキと指を鳴らしながら、不気味な目をした一人の学生が男へ近づいた。

「狩野さん、出ましょう」

見ようとするわたしの意志にひやりと水を差したのは東條美津子だった。彼女は眉をひそめ片手で口を押さえた。

(なぜ?)

でもそれは声にはならなかった。どこまでも見ることを選択したはずのわたしの内には、まだ小さな混乱が解けずに残っていたのかもしれない。美津子は明石伸介の背にそっとコートを掛けると、わたしの手を引かんばかりにして廊下へ出た。

美津子は何もしゃべらない。ひそめた眉を解こうともしないで、足早に歩きはじめた。美津子は逃げ出すつもりなのだろうか。あの消耗するだけだったハンガーストライキのあと、汚い事には手を染めず、きれい事だけで学生運動を続けていこうとでも考えたのだろうか。それとも、今行われているリンチの場から身を引くことこそ、この地点では譲り、この地点では譲れないという一線を持つべきだと先日わたしに語った美津子の生き方なのだろうか。最後まで見届けようとした自分の意志が、美津子によって簡単に壊されてしまったことに半ばほっとしながらも、同時に、決定的なものを見なかったという悔いに似た思いも胸に残った。

翌日の朝早く、わたしは自治会室へ足を運んだ。昨日の混乱が嘘のように、部屋の中は静まり返り、人一人いなかった。一歩部屋へ入るなり、昨日の煙草の臭いや、むせるような男たちの体臭がわたしにまとわりついた。その臭いの中をわたしはゆっくり歩き、窓を開けた。空には今にも雨の落ちてきそうな暗い雲が見えた。床にはビラや煙草の吸い殻や、食べ物の残骸が散らばり、昨日明石伸介が横たわっていた蒲団は、今にも床へずり落ちそうだった。あの貧相な学生は釈放されたのだろうか。わたしは部屋の隅に血痕らしきものの滲んだシャツを見つけた。部屋の中はしんとして物音ひとつしない。

ブラウスの袖をたくしあげると、わたしは机の上に乱れて散らばっているビラをまとめ、新聞を綴じ、ヘルメットを片づけ、蒲団をたたんだ。さらに雑巾を絞って机を拭きはじめた時、顔見知りの女子学生が、一人で自治会室に入ってきた。

「わたしも手伝うわ」

床を掃き、膨大なゴミも二人して焼却炉へ運んだ。手伝いの女子学生がほっとして椅子に座り込んでも、わたしはなお執拗に落書きだらけの壁を磨いていた。ただ我武者羅に身体を動かしてでもいなければ、今この物事が見えていないような混乱の前で、平静な顔をして立ってはいられない。そんな気持だった。

「狩野さんって、きれい好きなのね」

(きれい好き?)

わたしは振り返り黙って笑った。

(わたしはきれい好きなんかじゃないし、自治会室を掃除して、昨日のリンチ事件の証拠隠滅を図ったわけでもない)

魅力があるかないかを価値基準にしたはずなのに、それでもまだはみ出して右往左往している何かに引きずられて、わたしはただただひたすら壁を磨き続けていた。

軽やかな口笛が流れて、香月《かづき》卓也が自治会室へ入ってきた
「ね、ね、見てごらん。きれいだろう」

彼は持っていた週刊誌を、まだ壁を磨いているわたしの目の前に、いきなり広げて見せた。誌面いっぱいにピンク色の艶めかしい肌を露わにした金髪の女が、一糸まとわず横たわっていた。

「ホント、きれいね」

グラビア写真をしげしげと見ながら、わたしは素っ気なくそう言った。つられて寄ってきた女子学生は、覗き込むなり顔を赤らめて、香月卓也の肩を力いっぱい押した。

「嫌らしいわ、香月さんって」
一、二歩よろけた香月卓也は、声を出さずに微かに笑った。きちんとした紺の背広なども良かったが、今日のようなサンダルに白のジャンパー姿も、彼にはよく似合っていた。いくらか小柄ながらも全身はバネのように張りきっていて、ハスキーな声で俗語や卑近な例をふんだんに盛り込みながらぶつアジテーションは、一部の学生に人気があった。
男子の活動家には大抵〈リーベ〉と呼ばれる女性がいて、結婚や同棲をしている人も何人かいたが、その中でも香月卓也の女性関係は相当派手だった。少女のような人と恋愛してみたいと言ったかと思うと、翌日にはスリットが深く入った絹のチャイナドレスを着て、足を組みながら白の長いキセルなんかを優雅にふかしている女がいいなどと嘯《うそぶ》き、日によって躁になったり鬱になったり不安定なところがあった。そのためか同志の中での評判は悪かったが、器用さを買われて、学生集会や学校との団交の議長をやっていた。

「昨日の騒ぎの時、いなかったのね」

「うん、でも聞いたよ。M青同盟のやつらは、左翼の仁義ってえものを知らないよ」

この人には、左翼というよりもやくざ映画に出てくる唐獅子牡丹のお兄さんの方が似合うと思いながら、わたしは笑って彼を見た。

「それよりも狩野さん、女子だけの学習会をつくらないか」

「学習会?」

「うん。俺たちもM青同盟を見習う必要があるよ。あいつら人集めがうまいからな。可愛い女の子を一人入れれば、大抵男の四、五人はその子について来るんだよ」

わたしは思わず声を出して笑った。面白い意見だとは思ったが、軽薄だとは感じなかった。

「可愛い子じゃなきゃ駄目なのね?」

「まあ、そこそこにね」

「じゃあ、女の子が一人辞めたら、四、五人の活動家は辞めちゃうの?」

「だいたい女性の活動家っていうのは一、二年でつぶれちまうんだよ。どうしてだと思う? 男だよ。男ができると身を引いちまうんだ。だから女性だけの組織が必要だと思うんだ」

香月卓也はわたしを無視して勝手に一人でしゃべりはじめた。でも、四年生になってのこのこと出てくるわたしみたいな女だっているのだ。

「でもわたし、同盟員じゃないもの」

「だからいいんだよ」

「考えておくわ」

講義が始まるのだろうか。一緒にいた女子学生が部屋を出ていった。香月卓也はジャンパーのポケットに両手を入れ、肩をゆらしながら、

「君のぉゆくぅ道はぁ、果てしぃなく遠ぉい」

などと調子よく歌っていたが、突然思い出したように言った。

「東條君、すっきりしているなあ」

「えっ？」

わたしは首を傾げた。

「大さん、来月Kさんと結婚するんだよ」

宮永大が結婚するという話も初耳だったが、それになぜ東條美津子が関係しているのだろう。でもあのハンガーストライキのあと、宮永大と美津子がしばらく一緒に暮らしていたと聞いてもわたしはそれほど驚かなかった。むしろ、

「結婚式のコンパには東條さんも出席するそうだよ」

と何気なく言った香月卓也の言葉に動揺した。

一緒に暮らしていた男の結婚式に出るほど、美津子は大人なのだろうか。わたしの動揺は一種の羨ましさと重なっていたのかもしれない。

「狩野さん、パチンコへ行かないか。軍資金を提供してくれれば、チョコレートの十枚や二十枚は取り返してやるよ」

わたしは笑いながらハンドバッグを手にすると、香月卓也と連れ立って部屋を出た。

夏

夏休みも半ばに達した暑い盛り、わたしは森三郎から至急電報を受け取った。

夏休みの前半はアルバイトに費やし、得たお金で一人旅でもしようかとあれこれ考えていた真っ最中、その至急電報はわたしの気持をかき乱した。

「アツイダ　ロウキタルハチガ　ツナナヒナガ　ノノヤマノナカデ　Sガ　クド　ウメイノガッシュクアリクルベ　シヘン　マツ　モリ」

電話ですむことなのにと苦笑いしながらも、わたしの胸は躍った。森三郎の逞しい二の腕が、分厚い胸板が、生々しい感覚でよみがえってきた。わたしは自分の部屋に戻ると、今まで読んでいた旅行のガイドブックをなんのためらいもなく閉じた。抑えても抑えてもなぜか躰中がふつふつと弾んでくる。電報を握りしめたままわたしは、じっとしていられずに狭い部屋の中を行ったり来たり、落ち着かずに歩き回った。

わたしがただの好奇心からS学同盟の合宿に参加するのだと公言したら、彼らは非難するだろうか。でも彼らの中には厳しい戒律など何もなかった。党というものに対する重く厳しいわたしのイメージは、どの面でも呆気ないほど明るくはね返された。なんの身元調査もせずに、なんの思想的発言さえも聞かずに、わたしは女性の参加が少ないからというただそれだけの理由で、合宿へ誘われたようなものだった。

実際、二十数人の合宿参加者の内、女子はわたしと法学部の一年生と、そして驚いたことに選管で一人平然と不正行為をやってのけた山口好江の三人だけだった。

「どうなってるの？」

列車の中でなんの屈託もなく笑いさざめいている元Sインターのシンパだったという山口好江を横目で見ながら、わたしは森三郎にそっと訊いた。

「彼女たちのセクト、夏休み前に大分裂したんだ。そしてその大部分が、S学同盟へ吸収されたってわけ」

そう言えば、ついこの間まで顔をあわせれば皮肉や罵倒を挨拶代わりに飛ばしていた学生たちも数人、まるで昔からの身内のようにS学同盟員と親し気に話していた。これは屈託のない逞しさなのだろうか。それとも収拾のつかない甘さなのだろうか。山口好江の大胆な努力の甲斐あってか、彼女たちのセクトはS学同盟に次ぐ第二党の地位にまでのしあがり、その後の活動でも着実に支持者を増やしていたはずだった。大抵のことはさほどのアレルギーも感じずにのみ込んできたわたしだったが、さすがに彼らの変わり身の早さには、奇異なものを感じた。

「でも東條さんを合宿に誘えなかったのは、あなたの力不足ね」

美津子が活動の第一線から手を引いてしまったという感じは確かにあった。でもそんな彼女を誰も責めはしないし、再び活動に戻ってくるよう説得もしない。入ってくる者にも出ていく者にも寛容なのは、S学同盟の体質なのかもしれなかった。そんな体質に惹かれる者もいれば、最後まで面倒を見ない、冷たいと去っていく者もいた。ストライキが起こればせっせとおにぎりを握り、デモがあれば救護隊の腕章をつけて怪我人を介護し、重要な活動者会議では指導者の意見にすぐなびいていく一連の女子学生になることをきっぱり拒否していた東條美津子の野性的な目は、今何を思っているのだろう。宮永大も明石伸介も参加していた合宿に、美津子は姿を見せなかった。

でもわたしのいくらか嫉妬を含んだ言葉に、森三郎は何も答えなかった。笑っていた顔をふと翳らせて、車窓の外へ目を移した。真夏の太陽はそんな翳りをも易々とのみ込んで、陽に焼けた彼の横顔に降り注いでいた。

朝六時半起床に始まるS学同盟の合宿は、予想に反してかなりハードだった。中に同盟員でもシンパでもない、むしろその言動は反S学同盟としか思えない学生が一人混じっていて、学習会や討論の最中突飛な質問をしたり、宮永大に食ってかかったりして、学習会はたびたび脱線した。そしてその名前が覚えにくかったこともあってか、彼はとうとう〈反S学同盟一派〉と、半ば皮肉を込め、半ば愛情さえ込めて呼ばれ、反S学同盟一派君の天邪鬼とも言える反論を逆に息抜きにして、一日目、二日目、三日目と、時には殺気さえ漂わせながら、合宿は続いた。

マルクスなど読んだことがないと公言する学生が、一、二年生の中にはかなりいた。彼らはなんの屈託もなくケロリとしてそれを言う。自分のことは棚にあげて、わたしは初めとても驚いた。学生とはいえ左翼と呼ばれるからにはマルクスの主旨くらいには精通しているものと、なぜか思い込んでいたからだ。でもそんなわたしの思い込みも、考えてみればおかしなものだった。人はマルクスを読み、それに啓発されて活動を始めるのだろうか。マルクスなど読んだこともないと、その裏になんのコンプレックスも含まずおおらかに言う彼らの中には、今の社会に対する怒りがあった。わたしたち終戦っ子を筆頭として、そのあと数年の純粋な民主主義教育の中で育った彼らは、それだけに教科書と現実との欺瞞を見抜くのに鋭かった。そして現実の重みに直面すればするほど、民主主義や議会主義を守ろうというよりも、民主主義そのもの、議会主義そのものへの懐疑に走ったとしても不思議ではない。彼らの懐疑は、教育や学問のあり方や人間のあり方そのものへと向けられていった。

それがどこかでマルクス主義に触れたとしても、マルクスは彼らにとってさほど重要ではない。彼らにとって重要なのは今、現に生きている世界で、人知れず不穏な方向へと動いている体制や社会への怒りだった。でも三年生、四年生へと進むとそんな剝き出しの怒りも次第に和らぎ鈍くなるのだろうか。そんな彼らはレーニンやトロツキーを読みあさり、自身の生き方を理論で固めようとするのかもしれない。四年生の中には、どこの出版社から出ている何という本の何頁には何が書いてあるという、どうでもいいことに精通している生き字引のような学生もいた。

その三日間、わたしは宮永大の滔々としたしゃべり口に魅せられ、香月卓也の、

「だいたいセクトはよお、ちゃちなことで分裂しすぎるよ。上の方でちょっと食い違いがあると、親分は子飼いを引き連れてよお、出ていっちまうだろう」

などという、その言葉の内容よりも言い回しに惹かれ、明石伸介の確固としたシャープな理論にため息をつき、さらにはいちいち彼らに反論する反S学同盟一派君に興味を持った。

そして四日目。午前中の全体討論と総括のあと、汗にむせ、発散するエネルギーを抑えに抑えていた二十数人の若者たちは、その規律から一挙に解放された。民家を借りきった合宿所は、長野の山あいの、小さな湖のそばにあった。奥深い山の中にひっそりと広がっているその湖には、名を知られていないためか訪れる人影もなく、岸に繋がれた数隻のボートだけが、時々吹き抜ける風にゆれて、頼りな気に浮かんでいた。

ワァーと奇妙な歓声をあげて、裸足のまま彼らは、弾むような肉体を互いに激しくぶつけあい、湖へと先を競って走った。四隻しかないボートを獲得するためだった。真っ先にボートへ飛び乗ったのは香月卓也だった。彼は両手をあげて万歳の仕草をすると意味あり気に笑って、一瞬躊躇している山口好江を強引に誘い入れ、いち早く岸を離れた。一隻のボートへほとんど同時に、腹から滑るようにして飛び込んだ三年生とまつ毛の長い一年生の美少年は、取っ組みあいの喧嘩を

始めている。岸辺に紐で繋がれている数十羽のアヒルに気を取られて、わたしは立ち止まった。人馴れしているのか頭をなぜようとしゃがみ込んだわたしの周りには、次第にガアガアとアヒルたちが寄ってきた。何もないわたしの手のひらを餌を求めてアヒルがつつく。くすぐったさに笑いながら思わず手を引いたわたしの目の前に、あとからあとから、よたよたと同じ顔、同じ嘴《くちばし》、同じ目のアヒルの群れが迫ってくる。背筋に悪寒が走った。慌てて立ちあがったわたしの目が、三隻目のボートを獲得した明石伸介の目とあった。何も言わずに彼は身体を斜めに引いて懐を開け、何も言わずにわたしは引き込まれるようにしてボートに乗った。大柄な三年生とまだあどけなさの抜けない美少年との勝負の軍配は、意外にも美少年に上がった。翳りさえ漂う長いまつ毛の下の優しい目を無心に傾けて、彼は一年生の少女を誘い、ゆっくりと湖へ漕ぎだした。

香月卓也と山口好江のボートは、すでに向こう岸近くまで達し、漕ぐ手を止めて二人は何かしきりにしゃべっていた。そこには遠くからでもそれとわかる甘い雰囲気が漂っていて、山口好江のピンクの華やいだブラウスに似合っていた。

「山口さーん、気をつけろよー」

誰かが岸辺から大声で怒鳴った。

「香月、気をつけろよ、と言うべきと違うか」

森三郎の言葉に、どっと笑いが起こったが、わたしには彼が冗談で言ったようには思えなかった。四隻目のボートは、反S学同盟一派君が獲得した。

「女の子は全部奪《と》られちまったか……」

彼の独り言には本当にがっかりした感じがよく出ていて、またしても笑いが起こった。

「反S学同盟一派、俺が乗ってやるよ」

結婚したばかりだというのに、無精ひげを生やした宮永大は、どこからあんな笑いが出てくるのかと不思議に思うほど、無邪気な笑みを顔いっぱいに浮かべて、ボートに近づいた。

「しょうがない。ご老体に敬意を表するか」

反S学同盟一派君は顔をしかめて、それでも嬉しそうにオールを握った。あぶれた若者たちのエネルギーのやり場は、すぐ目の前にゆったりと広がっていた。真っ先に森三郎がポロシャツを脱ぎ捨てて駆けだした。裸になった彼のその腕は、びっくりするほど太い。彼の両腕が空中を大きくかき、ジーパンのまま水の中へ飛び込んだ。目算よりもずっと遠くに、再び彼の黒い頭がふいに浮かびあがったのを合図に、岸辺の若者たちは次々とジーパンのまま、あるいはパンツ一枚で、ひらりひらりと水の中へ飛び込んだ。湖の中を泳ぎ回る若者たちの間を、明石伸介とわたしのボートは、縫うようにして旋回した。明石伸介の真っ白な半そでのシャツは日焼けした素肌とよく馴染んでいて、わたしは彼に少年から大人の男へと変わりつつある肉体を感じた。明石伸介は唇を堅く結び、力強くオールを操る。照れているのでもない、意識しているのでもない彼の沈黙は、なぜかとても心地よかった。

明石伸介ほど、女っ気を感じさせない活動家も珍しかった。女が近寄ってきても真っすぐはね返すような潔癖すぎる怖さのようなものが、彼の中にあるのかもしれない。でもそれにしては、彼と接する女子学生たちは、彼を明石と呼ばず、伸ちゃんと呼ぶ。

「伸坊、少しは女の子もかまってやれよ」

と、宮永大が冗談交じりに言ったことがあった。

「いや、童貞同盟をつくって頑張るよ」

と言い返した明石伸介の大人びた男っぽさを、湖水に片手を濡らしながらわたしは思い出した。黙々とオールを漕ぐ彼の顔が、その時の言葉と重なって、わたしは思わず一人笑いをした。そんなわたしを涼し気な目で見返して、彼は首を傾げた。

その時、わたしの背後に突然衝撃が走った。湖に浸していた片手でボートの縁をつかんだわたしの目の前を、拡散した水飛沫《しぶき》が乱れて落ちた。バランスを失ったボートとともに、わたしの身体はのけぞるように一転した。ああ、泳げないんだと、ひどくのんびりとした感慨のようなものと抱きあって、わたしはゆっくりと湖の中へ沈んだ。ボコボコと立ちあがる白い泡を、わたしはなんの恐怖もなく、なぜかじっと眺めていた。こんなに優雅な水死もあるのかもしれない。そんな気分だった。

でも滑稽なことにわたしの足はしっかりと湖の底を踏んでいた。我に返った時、わたしは水の上から首だけ出して、すぐ間近にくねる波を見ていた。一緒に放り出された明石伸介が力強いクロールで近づいてきた。

「足が着くのよ」

照れ臭さを隠すように、わたしははしゃいだ声で笑った。わたしは今、動揺などしていないし、むしろこの状況を楽しんでいるのだと、明石伸介に伝えたかった。

「ほら、この高さから眺めると、湖が大きく見えるでしょう?」

「うん」

驚いてやって来た森三郎と明石伸介に助けられ、わたしは水の中で乱れて広がるスカートを気にしながら、やっとの思いで岸へたどり着いた。


その夜開かれたコンパで若者たちは飲みに飲んだ。コンパに付きものの余興の代わりに、訓練と称して一年生は一人一人前へ出てアジテーションをぶった。野次と激賞の飛び交う中を、山口好江は慣れた手つきで酌をして回っていた。彼女と彼女の酌を受ける者との間には、きっと何か言葉が交わされ、そのたびに笑う彼女の目元には、色気さえ漂っていた。白い肌と真っ赤な口紅がコケティッシュだと思いながら、わたしは黙って目の前のグラスを一気に空けた。そのグラスへ森三郎がすかさずビールを注いでくれた。

なぜかわたしは山口好江から目を離すことができない。彼女の笑みは、明石伸介の横へきちんとジーパンの膝をそろえて座った時、ピタリとやんだ。二人の間には、なんの言葉も、意味ある表情も生まれなかった。山口好江はいくらか身を堅くしてビールを注ぎ、明石伸介は黙ってそれを一気に飲んだ。

森三郎が席を立った。わたしはそのあとを追うようにして部屋を出た。彼が洗面所から戻ってくるのを、縁側に膝を抱えて座って、わたしは確かに待っていたのかもしれない。月も星もない暗黒の空は、山々と重なって見分けがつかない。それでも湖の向こうの民家からもれる黄色い明かりが心細く瞬いていた。

「蚊がいるだろう」

背後に感じた森三郎の気配が、ひそやかな吐息のようにわたしの背中を包んだ。その吐息に包まれてしまいたい思いに、わたしはうっとりと身を沈めた。森三郎が縁側からほとんど飛び降りるようにして下駄をはき歩きだした時、何も言わないそのうしろ姿は、全身でついて来いとわたしを促していた。わたしたちは下駄の音をカラコロと響かせ、舗装されていない砂利道を湖に沿って歩きはじめた。わたしの下駄は左右の大きさがそろっていなくて、時々小石につまずき不器用に均衡を乱した。そのたびに森三郎はあの太い腕でわたしを支えてくれたが、それさえも二人の会話のきっかけにはならなかった。小さいとは言っても、この湖の周囲はどれくらいあるのだろうか。あの瞬いていた民家の明かりは、遠のくばかりで少しも近づいてこない。

「東條さん、郷里に帰っているの？」

森三郎の心を最も重い比重で占めているはずの美津子の名を、口に出してやるのがやはり礼儀というものだろうと、わたしは唐突にそう訊ねた。

「今年は帰らないって言ってたけどな」

そのまま会話はまた途切れた。人影も一本の街灯もない暗闇の中を、このまま湖に沿ってひたすら歩けば、きっとあの民家の明かりへたどり着くと、それだけを思ってわたしは、小石に足を取られながら足早に歩いた。その歩みの速さだけが二人の間の気配に緊張感を与えていた。

「やっぱりショックだったのかなあ」

「何が？」

「大さんの結婚がさ」

そんなはずはないとわたしは思った。美津子がいつも惹かれていたのは、理論的なもの、ストイックなもの、硬質なものであって、一種粘着質な宮永大との接点などどこにも見当たらない。美津子はただ宮永大の上を寄り道のようにして通り過ぎただけだ。わたしはそんなクールな美津子が好きだと思った。

「彼女はもっと逞しいわ」

森三郎は、わたしの言葉を反芻するように黙り込んだ。

「も、もりー、森ー、狩野さあーん」

夜道の二人の散歩は、向こう岸から叫ぶ仲間たちの呼び声で中断された。

「もりー、も、りー」

「邪魔が入ったな」

「ほっとしてない？」

わたしは笑いながら、戻りはじめた彼と一緒に歩きだした。

「ボートに乗って、またひっくり返ったかと思ったぜ」

戻ったわたしたちに向かってそう言った学生の、しかしその態度はどこかそわそわと落ち着かない。民家から連れ立って出てきた学生たちの中に宮永大もいたが、彼はわたしと目があうと、何やらばつの悪そうな笑顔を見せ、よおと挨拶した。

「お前も来いよ」

促されて森三郎は彼らとともに歩きだした。何かが起こるのだとわたしは直感した。一番うしろから、ズボンのポケットに両手を突っ込んだまま、なんだか気乗りのしない様子で出てきたのは、香月卓也だった。

「わたしも行っていい？」

香月卓也が困って口をつぐんでいる間に、わたしはさっさと歩きだした。湖のそばのキャンプ場にでもなりそうな広場に、街灯が一つ、舞台のスポットライトのように、辺りを浮きあがらせていた。わたしは香月卓也の背後から、明かりの下に立っている数人の学生たちを窺うようにして覗き見た。でも見られているはずの彼らも、実は単に見る側でしかなかったのだ。彼らが遠巻きにして注目していたのは、湖のそばに膝を着いて、一心に手を動かしているあのまつ毛の長い美少年と、彼を手伝うようにしている二人の二年生だった。

「腕は確かなんか?」

「あいつの親父、板前なんだってよ」

親が板前だからと言って、その子の腕が確かだという理屈はおかしなものだったが、辺りに微かに漂う一種の生臭さに、わたしにもだいたいの察しはついた。

「火をおこしておいてくれよ」

美少年に指図されて、なす術もなく突っ立って眺めていた彼らにも仕事が与えられた。彼らは小枝を拾うために思い思い八方へ散った。

「ステンレスの包丁ってえのは、うまく切れねえもんだなあ」

美少年の凄みのある独り言は、わたしの胸を軋《きし》ませた。

「内臓と羽は穴を掘って埋めとけよ」

犬だろうと思ったのは、わたしの間違いだった。鳥だ。なんの鳥だろう。目を凝らしたわたしの視線の向こうで、美少年は内臓を抜いた肉のかたまりを持って立ちあがった。街灯に照らし出されたその美しい横顔が、ふと伏せられた。水の中で何を憚ることもなく、音たてて血に濡れた肉のかたまりを洗う少年の手元は、見えなくても目に浮かぶ。長く白い指がえぐり残した内臓を探り、どろりとした血が、指をねっとりと赤く染める。そのまま湖へ滴り落ちた血はたちまち拡散して、水が濁る。その濁りに最初に嘔吐したのは、香月卓也だった。俯いてしきりに唾を吐く彼を無視して、わたしはパチパチと燃えはじめた炎の輪へ引き込まれるように近づいた。

煙そうに目を細めて、薪をくべている人物を、なぜ今まで明石伸介だと気づかなかったのだろうか。わたしは思わず立ちすくんだ。美少年に発破をかけられて小枝を拾いに行った不甲斐ない男たちの中に、間違っても明石伸介は混じっているべきではない。でもだからと言って、この場から逃げ出していてはやはり彼らしくないし、まして美少年のやった役割など生々しすぎる。明石伸介の出番などどこにもないのだと、腹立たしくなった。それなのに明石伸介は生真面目に火をおこし、両手に肉のかたまりを持ってやって来た美少年を迎え入れた。

火に炙《あぶ》られた肉のかたまりが曲がりなりにも香ばしい匂いを立てるのを待つ間、宮永大はしきりに他愛のない冗談を言って若者たちの笑いを取ろうとしていた。でも焚火《たきび》の輪を笑いで紛らわす必要など何もなかった。美少年は肉に通した棒をゆっくりと回しながら、いかにも食欲をそそる照りを出そうと夢中だったし、明石伸介は火加減を見ながら黙々と薪をくべていた。そしてほかの学生たちは次第に香ばしく立ち込めてくる匂いに、騒ぐ胃袋を抑えていた。

突然暗闇を突き抜けて、ガアガアとアヒルの合唱が始まった。

「匂いにつられて騒ぎだしたかな」

「嫌なこと言うなよ」

小さな肉片を受け取ろうとしていた香月卓也は、またも込みあげる嘔吐にむせて立ちあがった。

耳障りなアヒルの鳴き声を聞きながら、美少年は形のいい口元から野性的な白い歯を光らせて、平然と肉片を食いちぎり、明石伸介は無表情に一片の肉を頬張る。

ガア、ガア、ガア、ガア。

同じ顔、同じ嘴、同じ目の群れが、幾何学模様のような不気味さでこちらめがけて突き進んでくるような錯覚に怯《ひる》んだわたしは、配られた肉片を、不敵に笑って見ている森三郎へ押し付けるようにして手渡した。

濃紺の空を走る厚い雲の間から、うっすらと月が覗いた。

彼らの学生運動は、ヒューマニズムや正義などという甘く曖昧な概念から始まったのではないと、わたしは唐突に思った。数カ月前だったら、可哀想にとアヒルへ向けられたに違いないわたしの心は、今、激しく強く若者たちへと吸い寄せられていた。法や秩序を壊すこと、悪いことをするというのは、なんて新鮮な行為なのだろう。

翌朝、宮永大や森三郎たちの皮膚を、まるで罪の烙印のようにして、赤い斑点で染めた蕁麻疹《じんましん》が、明石伸介と美少年を犯しきれなかったのは、妙な話だった。痒い痒いと、全身に出た発疹を、しきりに爪でかきむしっている宮永大たちを横目で見ながら、明石伸介と美少年は、空になった大ぶりの茶碗を差し出して、平然とおかわりを要求した。

秋

夏も終わって十月。久しぶりにのんびりとした静かな日曜日だった。何もすることがないというのも悪くはなかった。今から映画でも観に行こうか。わたしはぼんやりと外を眺めた。森三郎を誘ったら、彼は乗ってくるだろうか。彼は優しいから、わたしに恥をかかせまいとしてきっとOKするだろう。そんなことを思いはじめると、もうあとへ引けなくなってしまった。わたしは高鳴ってくる胸を押さえながら、受話器を握っていた。ダイヤルを回そうとして、しかしすぐに受話器を置いた。チーンと細い金属音が、耳に返ってきた。もしかしたら森三郎は、今朝の羽田のデモへ行ったかもしれない。

昨日は午後から講堂で〈佐藤首相東南アジア・大洋州諸国訪問粉砕〉の決起集会が開かれた。

「狩野さん、午後からの集会へ出てくれないか。一緒に行こう。彼氏とのデートなんかスッポかしちまえ」

中庭で偶然会った森三郎に背を軽く叩かれて、わたしはそのまま彼と歩きだした。彼は会う人会う人に気軽に声をかけ、まるで麻雀でも誘うように、彼らを集会に誘った。誘いに乗る者も断る者も、反応はさまざまだったが、なぜかみんな、明るくあっさりとしていた。でも彼はわたしを集会に誘っても、明日のデモに来いとは言わなかった。わたしはその時、なぜか森三郎に守られているなと感じた。それは不快ではなかった。集会へは誘っても街頭デモへは誘わない彼の態度を、ごく当たり前のように受け止めていた。わたしが街頭デモなどへ出るはずがない。わたしが本当に好きなのは、自ら動くことではなくて、動いている人を身近にこの目で見ていることなのだから。森三郎は自治会室へ入るや否や、大声で新聞社に電話をした。

「今日の午後、佐藤訪ベト粉砕の大決起集会を開きますから、はい。他大学の上京組は学生会館に泊まり込む予定です。はい。取材お願いします」

神妙な顔で受話器を置いた森三郎へ向かって、わたしは皮肉交じりに言ってやった。

「根回しも上手なのね」

「アホ。大人の対応だ」

森三郎と別れたのは昨日の夕方なのに、また会いたくなるのはなぜだろう。恋？　まさか。これはきっと彼の意識をつかめていないせいだとわたしは思った。それなのに彼はわたしの意識をしっかりつかんでもいるのだろうか。彼から電話があったのは、わたしがチーンと受話器を置いて間もなくのことだった。

「ちょっと出てこないか」

「あら、羽田へ行かなかったの?」

人を皆デモへ追い立てておいて、自分は家でごろ寝しているようないい加減さに、わたしはあきれながらも好感を持った。なんという人だろうと思いながらも、何を着ていこうかとわたしは数着の服をあれこれ手にして鏡の前に立った。


翌日の朝は二日酔いだった。大丈夫、まだ大丈夫と杯を重ねるたびに自分に言い聞かせながら緊張して飲んでいたはずなのに、どこかでその緊張が一挙に崩れたらしい。あとは途切れ途切れの記憶しかなかった。森三郎にタクシーで送ってもらったのは、あれは夢だったのだろうか。それにしてもどうしてあんなに緊張して飲まなければならなかったのだろう。彼とならもっと余裕たっぷりに、おおらかに飲んでもよさそうなものだったのに。わたしはちょっと後悔した。軽い吐き気と、重い眠気の中で、それでも新聞を広げた。

と、いきなり、真っ黒な地に白抜きのゴチック体が、目の中に飛び込んできた。

「羽田で学生デモ暴徒化。京大生一人死ぬ!」

死ぬ。死ぬ。死ぬ。

「しまった!」と思った。吐気も眠気もたちまち吹き飛んだ。

あとで考えてみても、なぜあの時〈しまった〉と思ったのか、わたしにはわからなかった。自分が街頭デモへ出ることなど決してないだろうと思っていた。自分が好きなのは学生運動を自らやることではなく、学生運動家を見ていることだった。それなのにこの〈しまった〉という感情はなんなのだろう。

翌日わたしは学校に着くなり、顔見知りの女子学生数人に、女子だけの学習会をつくらないかと持ちかけた。文学のこと政治のこと、女性の問題、なんでも議題に載せて研究できるような学習会だ。彼女たちに相談を持ちかけながら、ただ見る側だけだったわたしの内に、何かが動きだしたような気配を感じた。

それから約一ヵ月後、首相は日米安保体制の長期維持確認と、沖縄の施政権返還問題を具体化させるために、再び羽田からワシントンへ発とうとしていた。これは一九七〇年の安保問題を、早くも方向づけようとするものだった。

全国の学生たちは前夜から各拠点校へ、続々と結集していた。地方からの上京組もかなりの数にのぼった。ラジオやテレビのニュースは、大学周辺で深夜デモを繰り返す学生たちの緊迫した状況や、制服、私服警官七千人の常時出動を発表した警視庁の動向を、逐一流し続けていた。

なぜみんなと一緒に、大学からデモへ参加しなかったのだろう。わたしは直接現地へ単独参加しようとした自分に苛立った。電車はすべて蒲田駅で止められてしまったからだ。あとは歩くよりほかなかった。

デモ隊がどこにいるのか、わたしは捜し回った。首相がワシントンへ出発するのは午後四時十分の予定だった。ぼやぼやしてはいられなかった。数百メートル上空に低く旋回するヘリコプターが見えた。

「あそこだ！」

一緒になった顔見知りの学生が叫んだ。わたしは思わず走りだしていた。

隊列を組んだデモ隊は、あとからあとから規律正しく通り過ぎていった。ヘルメット姿の学生も何人かいたが、ほとんどは無帽、中には防空頭巾をかぶっている女子学生もいた。羽田付近で機動隊と激しくぶつかり、催涙弾の飛びしきる中、機動隊員から棍棒を打ち下ろされ、ばらばらになって逃げ帰った者が、新たに隊列を組みなおし、羽田へと向かっているところだった。

はやる心のままに、わたしはその隊列の中へ紛れ込もうとした。

「いや待て。C大の連中を捜そう」

連れの学生がわたしを引き止めた。この見知らぬ街で、仲間のデモ隊を捜してなどいたら、何もしない内に首相を乗せた飛行機は、羽田を飛び立ってしまう。それでもわたしはこの目で明石伸介を見たかった。東條美津子を見たいと思った。わたしたちはさらに走った。

片側が高いコンクリートの塀でおおわれた路地へ入った時、前方からなだれ込むようにして逃げてきたC大の学生たちに、わたしはやっと巡り会えた。

「ストップ！　ストップ！　止まれええっ！」

誰かが叫んだ。彼らの背後にもう機動隊の姿は見えなかった。目を真っ赤に腫らしたセーター姿の東條美津子を見た時、わたしは懐かしさに思わず抱きついた。

「催涙ガスに目をやられちゃって」

美津子は片手にレモンを持っていた。彼女はレモンを白い前歯でカリリと噛んだ。

「森君にもらったの。ガスにやられた目を緩和するんですって」

しかし、森三郎も明石伸介も、この集団にはいなかった。先鋭部隊として、もっと前線にいるのだろうか。

血と泥にまみれたデモ隊の間を、鮮やかな黄色い一個のレモンは、美津子の手を離れて、目をやられた人の手から手へ、次々に渡っていった。催涙ガスの耐え難い刺激臭の中を、目の醒めるような酸っぱいレモンの香りが、ひどく不似合いに漂った。

耳をつんざくような轟音とともに警察のヘリコプターが近づいてきた。

「チキショウ」

上空を見あげて舌打ちをした学生は、その手に機動隊から奪ってきた投石よけの、テニスコートのネットのような網を持っていた。

「こんなもの、燃やしちまえ」

彼は網の両端の竿を、太腿を曲げて、その上で乱暴に折ると、火をつけた。真新しい緑色の網は、たちまちオレンジ色の炎とともに燃えあがった。

「これも頼むぞ」

もう一つの網が、燃える炎の中へ、荒っぽく投げ込まれた。

「さあ、煙に気づいてまたやって来るぞ。隊列を組みなおせえ」

ジャンパーの両ポケットに小石を詰め込めるだけ詰め込んで、その学生が叫んだ。煙に気づいてヘリコプターが頭上を低く旋回しはじめた。時計はすでに四時を少し回っていた。

「訪米」「粉砕」「訪米」「粉砕」

濃紺に光るヘルメットが、あとからあとから波打つように近づいてきた。

「来たぞ！」

学生たちは、はっと緊張し、スクラムを組む腕に力を入れた。数からして明らかに学生たちの方が不利だった。濃紺という色は、こうして大量に迫ってくると、なんて威圧的で迫力があるのだろうと、わたしは脅威を感じた。

そのまま機動隊と激しくぶつかりあおうとしていたわたしの心意気は、その脅威の前で、早くも挫《くじ》けそうになった。機動隊がさらに迫ってくると、学生たちはスクラムを組んでいた腕を、そっと離した。

なんの合図もなかった。しかしほとんど一斉に、黄昏かけていた大空を、いくつもいくつも夥《おびただ》しい小石が舞った。小石は水平に飛ばずに、大きく放物線を描いて機動隊の頭上へ急降下していった。澄みきっているはずの大空は、小石と砂塵にうっすらと黄土色に染まって見えた。デモ隊の後方から力いっぱい投げられる小石のいくつかは、機動隊にまで届かずに、学生たちの頭上へ落ちてきた。機動隊からも矢継ぎ早に催涙弾が投げられる。シュルシュルシュルと白い煙と一緒に催涙弾が飛んできた時、デモの隊列は散りぢりに崩れ、それっきり元には戻らなかった。大量に煙を吐き出している催涙弾を、一人の学生が素早く手に取り、再び機動隊めがけて投げつけた。学生たちの目は一様に真っ赤に腫れ、顔は涙と鼻水でくしゃくしゃに歪んでいた。

それぞれが両ポケットいっぱいに詰め込んでいた小石をすべて投げ終えてしまうと、はるか前方から靴音高く迫ってくる濃紺の一団の前で、学生たちはなす術もなく立ちつくした。次に何が起こったのか、わたしの記憶は飛んだ。気がついた時、わたしは機動隊に背を向けて一斉に逃げ惑う一団の中にいた。なぜ逃げるのかもわからずに、ただ逃げるというデモ隊のエネルギーに巻き込まれて、夢中で走った。走るデモ隊の足音は、まるで自分の影に怯える子どものように、学生たちの言い知れぬ恐怖心を煽り立てた。

「逃げるなあー、弱虫いいー」

突然背後で甲高い金切り声が聞こえた。逃げているのはほとんど男子学生で、逃げるなあと怒鳴ったのは女子学生だった。

(ここで踏み留まるべきではないか)

一瞬頭の中を冷えた声が走り抜けた。その声に、わたしの足が鈍ってもつれた。すぐ後方から凄まじい勢いで走ってきた仲間たちに背中を突き飛ばされ、わたしは前のめりにもんどり打って倒れた。うつ伏せに転んだわたしの身体の上を、デモ隊は遠慮会釈もなく土足で踏みつけ、怒濤のように通り過ぎていく。もうもうと立ち込める砂埃の中で、次から次へと上がっては降りていく仲間たちの体重の重さと息苦しさに耐えながら、わたしはひどくのんびりとした思いで、

「あ〜あ」

と思った。

わたしがやっとの思いで顔をあげた時、デモ隊の姿はどこにもなかった。わたしと同じように転んで仲間に蹴飛ばされた学生が数人、ゆっくり立ちあがるのが見えた。濃紺の乱闘服とヘルメット姿の機動隊は、すぐ間近に迫っていた。わたしより先に立ちあがった学生たちは、咄嗟に狭い路地へと走った。ばらばらになって、しかもゆっくりと歩いてきた機動隊の中の数人が、すかさず逃げる学生のあとを追って、路地へ駆け込んだ。ここで逃げていいのだろうか。森三郎ならこんな時、逃げるのもまた戦術だと言って明るく笑うだろう。逃げたからといって敗北感など抱きはしないだろう。でもわたしは逃げられなかった。立ったまま黙って近寄ってくる機動隊を眺めていた。それは広い広い大地に、独りポツンと立ちつくしているような、重くずっしりとした孤立感だった。

荒い吐息も聞こえるかと思うほどの距離に、機動隊員が近づいてきた。その一人に、わたしはいきなり硬い戦闘靴で足を思いっきり蹴飛ばされた。細い悲鳴をもらしながら、でもわたしはその場に倒れまいと、必死で足を踏ん張り身体のバランスをとった。その場に倒れたら最後、皆に

寄ってたかって袋叩きに遭い、完全な被害者になってしまうと思った。

「女のくせしてこんなところに来やがって」

「これに懲りたらもう来るな」

続けざま数人に、ふくらはぎを激しく蹴られ、そのたびにわたしの身体はよろよろと、頼りなくよろけた。数人の男たちから男たちへと小突き回されながら、ゆれるわたしの視線は、狭い路地に引き寄せられた。路地の入口の塀に寄りかかって、二人の男子学生がぐったりと力なく座り込み、その頭上めがけて数人の機動隊員が、棍棒をこれでもかこれでもかと振り下ろしていた。学生たちにはもう抵抗する力も気力もないようだった。その両腕を交差させ頭を守ることさえ忘れていた。学生たちの血に染まった顔は泣き濡れて歪んでいた。その涙には、憤りや、無力な自己への口惜しさが交差していたのかもしれない。あとになってもわたしは、あの学生たちの泣き濡れた顔を思い出すのが辛かった。彼らの表情があまりにも弱々しく、まさに被害者そのものだったからだ。

わたしの足を蹴飛ばし、肩を小突き、卑猥な罵声を浴びせたりしながら通り過ぎていく機動隊員の何人目かの男が、ついにわたしの胸倉を、その太い腕でわしづかみにした。彼の息づかいは荒い。被害者にはなるまいというわたしの意志を壊してしまいそうに荒い。わたしは胸倉をつかまれたまま、すぐ顔の先に焦点を合わせ、機動隊員の目を見ようとした。しかし彼は、わたしを見ていなかった。彼の目は虚ろに空をさまよっていた。なぜこの人はわたしの目を見ないのだろう。不思議だった。加害者がこんなに気弱な目をしていていいものだろうか。まだ若い彼の顔は、興奮のためか紅潮していた。

ああ、トイレに行っておけばよかった。そう思いながらわたしは落ち着きのない機動隊員の視線を懸命に追っていた。その視線を意識したのか、胸倉をつかんでいた彼の腕に、さらに強く力が籠った。その時だ。

「女なんかいいからほっとけ！　向こうを追うんだ！」

わたしは驚いて振り返った。叫びながら足早に通り過ぎていったのは、中年の機動隊員だった。頬を赤く染めながら、なぜかほっと安心したように、若い機動隊員はわたしの胸倉をそっと離した。行き場を失って、わたしは茫然とその場に立ちつくした。

暴力を振るう時、女だから機動隊も少しは容赦するだろうと考えたら大間違いだ。デモ隊の一番弱い部分、女子学生をまず真っ先に狙い撃ちして、スクラムを壊していくのが機動隊の常套手段だ。ブラウスを引き千切られ、乳房も露わに上半身を剝き出しにされた、触られたなどという話は、何度も聞いていた。

女だからという理由で狙い撃ちされ、その肉体に恥の烙印を押されるのも侮辱だが、女なんか放っておけと見逃されるのもまた侮辱に違いなかった。

狭い路地へ学生たちを追って入っていった機動隊員が二人戻ってきた。わたしは彼らが脇の下に軽々と抱えているものを見て、ギョッとした。それは足だ。人間の足だった。片方は靴も脱げ、白い靴下は泥まみれだ。もう意識もなくぐったりしている学生の両足を、二人で片方ずつ持って、まるで丸太でも運ぶように、土の上をずるずると引きずりながら歩いてくるのだった。土の上に扇のように広がって、ぐったりした肉体のあとをずるずるとついてくる豊かな黒髪を見るまでもなかった。セーターの下から柔らかく盛りあがった胸のふくらみや、乱れて露わになった白い腰のくびれは、間違いなく女子学生だった。

深く裂けた額から、赤い血がひとすじ長く垂れていた。閉じた瞼は紫色に変色し、頬は血の気を失って真っ蒼だった。まだ生きているのだろうかと、わたしはなす術もなく、引きずられていく女子学生をただ見ていた。

その時だった。何か白いものが、突然女子学生を引きずっている機動隊めがけて、ぶつかってきた。はっと機動隊員の顔色が変わった。白い割烹着を着た中年の女性が、ぐったりした女子学生にしがみつき、何か叫んだ。叫びながら片手に女子学生を抱え込み、片手で機動隊員の手を激しく払いのけた。極度の興奮のためか女性の目はらんらんとつりあがり、唇はブルブルと震えていた。女性は機動隊員の目を毅然と見据え、押し殺したような声で叫んだ。

「ひどい、ひどい！　死んじまうよお、死んじまうじゃあないかよおおっ、渡すもんか、あんたたちなんかに渡すもんかあ、警視総監が来たって、議員が来たって、総理大臣が来たって、絶対に渡すもんかああっ」

白い割烹着は、濃紺の乱闘服の中へひらひらと舞い降りた鶴のように、翼を広げて女子学生の身体をかばっていた。

あまりの剣幕に気押されたのか、二人の機動隊員は苦笑いをして、それ以上女子学生に執着しなかった。彼らにしてみれば、それこそ女の一人や二人、どうしようとなんの意味もないのかもしれない。見ると、はるか前方から新たな濃紺の一団が、こちらめがけて続々と行進してくる。わたしの背筋に鳥肌が立つような恐怖が走った。両膝ががくがくと激しく震えた。わたしは追い立てられるように走りだした。白い割烹着の女性のことも、意識を失っていた女子学生のことも一瞬忘れた。無残に打ち砕かれて土埃の中に転がっているヘルメットも、脱ぎ捨てられた靴も、目に入らなかった。

走りながら、人家の垣根越しにわたしを眺めている住民を見つけて、救われたと思った。あたかもわたしを受け入れるかのように、門が半分開かれていた。わたしは背後から迫ってくる恐怖から逃れようと、その門の中へ飛び込んだ。

「待て！　入るな！　あんた学生だろう。学生は俺んとこには入れないぞ。出ていけ、出ていけえ」

ジャンパーを着た初老の男の罵声に怯みながらも、わたしは再び走りだした。

すでに時計は五時を回っていた。デモ隊の決死の妨害によって、首相は未だに羽田を出発できないでいるという話が、学生たちの間にまことしやかに広がっていた。

でもそれを口にする者も、耳にする者も、誰もが本気にはしていなかった。

「蒲田駅前で抗議集会を開きます。学友諸君は結集してほしい」

両手をメガホンのように口に当てて叫びながら、学生が数人、足早に通り過ぎていった。ばらばらになりながらも、それでも学生たちは蒲田駅へ結集を始めていた。わたしもその中にいた。誰の目も催涙ガスにやられて真っ赤に充血していた。道端の大きな石の上に腰を下ろし、じっと一点を見つめたまま放心している学生もいた。パトカーを見つけて走り寄り、中の警官を引きずり出して、まるで腹いせのように殴ったり蹴ったりしている一団もいた。でもほとんどの学生たちは、繰り返し起こった機動隊との激突に疲れ果て、ただ黙々と、蒲田駅へ蒲田駅へと足を引きずるようにして、歩き続けていた。

実に三百三十三人という、史上最高の検挙者を出して、のちに第二次羽田事件と呼ばれた闘争は終わった。彼らは公務執行妨害や凶器準備集合罪、都公安条例違反現行犯という名目の下に、都内あちこちの留置所へ分散して囚われていった。

あとでわたしは、首相が乗っている車を途中で阻止しようと決死隊が組まれたのに、その部隊が道を間違えて、とうとう首相の車に会うことができなかったという話を聞いて、憤然とした。幹部には首相を絶対にアメリカへ行かせないという強い決意が本当にあったのだろうか。もしあったなら、道を間違えるなどという初歩的な誤りを犯すはずがない。

もう秋は終わろうとしていた。

冬

その運動体の卵は神田の飲み屋で生まれた。

森三郎と一緒にわたしもたびたびその飲み屋へ通っていた。仕送りが届くと新宿へ、少し心細くなってくると神田の飲み屋へ、昼食も抜かなければならないほど困窮してくると、資産家の息子か顔見知りの女子学生に奢ってもらうというのが、一カ月の彼らのサイクルのようだった。

その日はわたしが奢ることにした。ちょっと顔見知りだというだけで、学生活動家たちはよく女子学生に昼食をねだった。それは、

「めし食べに行こう」

と半ば強引に女子学生を誘っておいて、

「俺、金持ってねえんだ」

と、食べ終わってからケロリとして女子学生に支払いをさせるという手口だった。自宅通学だったわたしもたびたび被害に遭ったが、それは決して不快ではなかった。

「森さんは女の子にたからないのね」

「俺は古いのかなあ。あんなに屈託なく、格好良くたかれないからなあ」

その言葉を待っていたようにして、わたしは彼を神田の飲み屋へ誘ったのだ。

まだ日が沈むまでに間があったせいか、店の中は静かだったが、それでもすでに先客があった。

「よお！」

店の一番奥のテーブル席に向かって、森三郎が声をかけた。振り向いた二人の男の一人に見覚えがあった。風呂敷包みを小脇に抱えたままわたしを直視して、学生証を飲み屋に預けてきたが、自分は投票する権利があると、飲み屋の発行した学生証預かり書を盾に、滔々としゃべりまくったあの瀬川竜介だった。

「よお、森かあ！　こっちに来て一杯飲めよ」

瀬川竜介は、森三郎のうしろに立っているわたしには目もくれなかった。あの中庭での学生証の一件を、忘れてしまっているのだろうか。

「今、瀬川さんの恋物語を聞いているところだよ。」

そう言って連れの男が、丸椅子の上に置いていた数冊の本とノートをテーブルの隅に移し、席をあけた。

「そいつあ興味があるな。そうだろう、狩野さん」

わたしは笑いながらうなずいた。

「ところでよお、森、学費値上げの動きはどうだ」

斜めに見あげた瀬川竜介の目は、もうアルコールが回っているせいか濡れていた。

「まず間違いないですね。近々公表されるんじゃないですか」

森三郎はビールを注文して、丸椅子をまたいで座った。

「今度の闘争は手強いぞ。今までに学費値上げ闘争で勝ったなんていう例はあるのか?」

「ありません。まあ勝つことよりも、いかに負けるかが問題なのと違いますか」

「K大やW大の学費値上げ闘争の資料を検討してみる必要があるな。手に入るか」

「ああ、自治会の書記が保管していますよ」

確かに学費値上げ闘争は負けるものといった思い込みが、わたしの中にもあった。でもだからといって、こんなに初めからいかに負けるかを闘争の中心に置いてしまっていいのだろうか。森三郎の注いでくれたビールを黙って飲みながら、わたしは瀬川竜介に目をやった。

「それでどうなったんです?　彼女とは」

「どうもこうもないよ。俺の生き方とお前の生き方は違う。お前はお前の道を行け。俺は俺の道を行く。あの上野の橋のたもとで別れたんだ。それっきりだ」

なみなみと注がれたコップ酒を、瀬川竜介は大きな身振りで口元へ運び、一気に飲んで明るく笑った。こんなに美味しそうに酒を飲む人をわたしは初めて見た。

「あの時、抱きしめたい気持をじっと抑えてだなあ、俺は今日もまた、こうして酒を飲む。さあ、森も飲め、なあ」

注がれたビールを森三郎もまた、喉を鳴らして一気に飲んだ。男たちのダイナミックな飲みっぷりにわたしは一人取り残されたような気がした。でも森三郎にそつはない。

「今日は彼女の奢りなんだ。さ、どうぞ」

わたしのグラスにもビールが満たされた。

「スポンサー付きかあ。僕もそんな目にあってみたいなあ」

眼鏡をかけた連れの学生が、肩をすくめてそう言った。

「おいおい、五十嵐さんよ。二人の女を手玉に取っているって、もっぱらの噂だぜ」

森三郎の冷やかしに軽く苦笑して、五十嵐と呼ばれたその学生は、黙ってコップ酒を飲んだ。

「肉体はA嬢が欲しい。頭とハートはB嬢に惹かれる。その板挟みだよなあ、五十嵐」

「それはないよ、瀬川さん。僕はねえー」

「言うな、言うなあ。それが男の本音というものだ。恥じることはないぞお、五十嵐」

「違うよ。僕はねえ」

二人のやり取りを眺めながら、森三郎とわたしは顔を見あわせて笑った。五十嵐は頬を赤く染めて、やや執拗な瀬川の揶揄に抗議していた。

「彼は五十嵐利男っていってな、一年前までM青同盟の同盟員だったんだ。ひょんなことから突然学生運動から脱落してな、今は学術連盟の政治学会にいるんだ」

「瀬川さんも政治学会でしょう?」

黙ってうなずきながら、森三郎は、店の入口に目をやって言った。

「あれ、もう一人脱落者が来たぜ」

彼の言葉に振り返ったわたしは、はっとした。嫌なやつが来たと思った。

ざっくりした黒のトックリセーターに黒の上着、黒のズボンと、黒ずくめの身体を丸めるようにして、店に入ってきたのは黒沢哲だった。忘れもしない春の選挙の時、スローガン入りの名刺を配って選挙違反に問われ、被選挙権を剝奪された、あの黒沢哲だ。その後黒沢哲の属するセクトは崩壊し、そのほとんどがS学同盟に吸収されていた。小セクトの分裂騒ぎは頻繁に起こっていた。そのたびに大きなセクトへと人が流れていくのはどういうわけだろう。人は強いものへと押し流されていくのだろうか。でも黒沢哲だけはどこにも属さず、一人でぶらぶらしているという噂を、わたしも聞いていた。

「あれえ、何か始まるんですか。俺たちは向こうへ行こう」

気を利かせて森三郎がコップを握ったまま立ちあがりかけた。

「構わん構わん、森もいてくれ。学費値上げ阻止はなんと言っても四年生の結束いかんにかかっているからな。ストが崩れていくとしたら、卒業を控えた四年生からだ。今から四年生の横の連絡をつけとかなけりゃあいかん。森、協力頼むよ」

「それじゃあ俺はオブザーバーとして、ここで拝聴させてもらうか……、狩野さんは四年生女子有志として参加資格があるよ」

森三郎は、黒沢哲のコップへ酒を注いだ。うなずいてコップを傾けながら、黒沢はわたしをチラリと見た。半年前、あれほど激しく罵倒しあった森と黒沢なのに、二人の間は今、なんのわだかまりもないかのように静かだった。その同じ静かさで、黒沢はわたしを見た。今もわだかまりを感じているのは、むしろわたしの方らしかった。

「今度の学費値上げによってだな、学校側はどんな教育を俺たちに押しつけようとしているのか、俺たちはどんな学問を大学から学びたいと思っているのか、まずその辺を明確にする必要があるな」

「この四年間で僕たちはいったい何を学んだのかということでしょう」

「そうだ。そういう意味で俺たちは、この四年間の総決算をレポートして、卒論という形で大学側へ突きつけていってもいいわけだ」

「大学は、果たして狩野さんに何を教えてくれた？」

突然の五十嵐の名指しだった。わたしはちょっと戸惑った。でもS学同盟の学習会と違って、ここではもっと身近なわたし自身の問題として、何かを話せそうだった。

「そうね、何を学んだのかしら。むしろサークルや先輩、友人たちから、知識やものの考え方や、生き方を学んだような気がする」

「だろう。授業に創造性がないんだ。気迫がないんだ。毎年毎年同じノートを使って、同じ言葉で同じことを教えている。ひどいのになると、同じノートを毎年えんえんと朗読して、学生に丸写しさせて、そのノートをまたテスト用紙に丸写しさせて試験をして、一字一句でも違うと点を引いていくなんていう馬鹿げた授業を平気でやっている教授もいる。もちろん中には、僕たちを啓発してくれる先生もいるよ。そんなの例外中の例外だ。大学の学問は単なる知識の伝達だけではないはずだ。生きていなけりゃあ」

五十嵐はかなり興奮しやすいたちらしかった。酒を飲めば飲むほど、語気に怒りのようなものが加わってくる。

「そんな授業にこれ以上高い金など払えるかってことだな」

五十嵐の興奮に水を差すような低い声で、黒沢が言った。

「そう言ってしまったら、身も蓋もないだろう。今の五十嵐の意見をもっと推し進めていこうじゃないか」

「つまり教育とは何か、学問とは何か、という問題になっていくんだよな。学問とは人間の幸福のために存在するんだろう？」

「人間の幸福なんていう概念は曖昧だな」

「人間が最も人間らしく生きられるような生き方だ」

「人間らしくってどんな状態だ」

「そりゃあお前、何ものにも疎外されていない状態だよ」

「うん。究極には人間とは何か、人間らしく生きるとはどういうことか、俺たちはどうやって生きていくのか、そういうことになるんだろうな」

「そうだよ。人間らしく生きていきたいと願っている僕たちと、学生を体制の内部に無理やり押し込めて産学協同をめざそうとしている大学当局と、この両者は当然相容れないんだよ。学費値上げによって大学は、僕たちが望んでいる教育とは逆の方向の教育を僕たちに押しつけようとしているんだ」

「その問題はもっと深く議論しておく必要があるな。ただ同時に、大学側が正式に学費値上げを公表した時の具体的な方針も詰めておかなければな」

五十嵐の高揚した口調にそう返したのは、またしても黒沢だった。この対照的な二人の性格は興味深かった。燃えている男と、醒めている男。それでいてこの二人は結構気が合うらしく、盛んに互いのコップへ酒を注ぎ足している。

「よし、まず俺たちのごくごく身近な問題から、もう少し人数を集めて徹底的に話しあってみようじゃないか。なあ森よお、どうだ」

「そうですね。第一回四年生徹底的討論会とでも銘打って、やってみたらどうです？」

「よし。今度の学費闘争を通して、俺たちは一人一人、この四年間の総括をする。その方針でやってみよう。狩野さんも異議ないかあ」

瀬川竜介は、酔った目に明るい優しさを込めて、わたしの同意を求めた。わたしは力強くうなずき返しながら、身体の内を騒いで流れる自らの血をはっきりと意識した。この闘争でわたしは何かをつかめるかもしれない。曖昧とした今の自分の生き方の中で、何かをつかみ取れるかもしれない。そう。きっとつかんでみせる。わたしは森三郎のコップのビールを、空になった自分のコップに移しかえ、一気に飲み干した。

酔いのためか、瀬川たちの熱っぽい議論のためか、ほてった頬に外の風は気持がよかった。まだ止めどもなく話を広げていく瀬川たちに遠慮して、森三郎とわたしは店を出た。

「こりゃあ、ひょっとしたらひょっとするかもしれないな」

森三郎はそう言って、ごく自然にわたしの肩へその太い腕をそっと回した。

「何が?」

されるに任せながら、わたしの内に心地よい悲しみに似た感情が通り抜けた。

「瀬川竜介と五十嵐利男と黒沢哲。この三人の組み合わせはかなり面白いぜ」

「そうなの?」

御茶ノ水駅に着いたのに、森三郎は構内へ入ろうともせず、わたしの肩を抱いたまま駅の前を素通りしていく。

「ああ、今にわかるさ。何もないところに核をつくるのは瀬川さんだ。その核がもしどんどん拡大していったとしたら、瀬川さんの義理人情では抗しきれなくなってくる。そんな時、その核を大衆次元まで引っ張っていくのは五十嵐だ」

「黒沢さんは?」

「あいつは、どうしようもなくふくらんだエネルギーを政治的次元で集約するだろう。五十嵐はM青同盟員の頃、名アジテーターとして鳴らしていたしなあ、黒沢の政治的センスと事務能力は抜群だったからなあ」

「三人とも今はノンセクトでしょう。学生の中にはセクトアレルギーを持っている人がいっぱいいるものね。少なくともそういった壁はないということね」

森三郎は歩き続ける。わたしの歩調に合わせてゆっくりと歩き続ける。いつまでも彼と歩いていたい。どこまでも彼とつきあう気持でわたしはそう思った。彼は確かに興奮していた。その高揚した思いを処理しきれなくなって、こうしてわたしと肩を組んだまま歩き続けているのだろうか。こんな森三郎を見るのは初めてだった。

音たてて電車が走り去った。葉の落ちた柳の木が風でゆれた。

「キスしようか」

その率直な言葉を、わたしもまた真っすぐに受け止めた。

「うん」

わたしの肩へ回していた彼の腕に力が入った。熱い吐息が耳から頬へ流れた。そのまま唇の自由を失って、わたしは目を閉じた。電車を見下ろせる土手の上で、ゆれる柳の枝のように、わたしは彼の胸の中へゆっくりと身を預けた。

彼は東條美津子への報われない想いをわたしにぶつけているのではない。わたしはそう感じた。彼は今、全身で何かを予感しているのだ。その高まりをわたしとともに、ここで燃やしきろうとしているのだ。

森三郎が自分の身体からそっとわたしの身体を離した時、彼の目はもう穏やかさを取り戻していた。

「次の駅まで歩けるか」

「うん」

二つの長い影を見つめながら、わたしたちはまた歩きだした。


十一月の末、大学の理事会は学費値上げ暫定案なるものを発表した。

大学のやり方はいつもそうだった。これは一時的な仮の案だと学生たちをなだめ、学生の意識の中に一種の免疫をつくっておいてから、一挙に決定へと持っていく。

「そおら、いつもの手でおいでなすった」

瀬川竜介たちを中心とする四年生の反応は素早かった。この学費闘争は四年生の力をどこまでまとめることができるか、その一点にかかっている。W大でも、M大でも真っ先にスト破りに走ったのは、卒業を控えた四年生だった。暫定案発表の翌日、瀬川たちは四年生を中心に研究会をつくった。その研究会で彼らは問題を一点に絞った。それは学費値上げには反対したい。しかし四年生は卒業という特殊な事情を抱えている。この矛盾をどうするか。その一点だった。

「僕たちはやはり卒業しなければならない」

「卒業なんて、そんなに大切か」

「僕たち四年間の学生生活は、父や母の残業や労働強化によって支えられてきた。父や母は僕たちのために、毎日毎日頭を下げる生活に耐えてきたんだ。今や卒業していく僕たちは、その生活の中心的担い手となっていくことが要求されている」

「ナンセンス！」

「そうだ。確かに僕たちは父や母を否定する感覚を持っている。しかし僕たちは父や母の前でなぜか黙ってしまう。僕たちの生活が、会社と家を往復し、残業と労働強化に耐えてきた父や母の、そういった生活の重みに支えられてきたからだ。僕たちはそういうことを理解する人間でありたい」

「浪花節だあ！」

「自分たちの行くことすら夢のまた夢だった象牙の塔大学へ、息子や娘を送り込むことで、今まで生活のために黙々と耐えてきた一生が報われると、彼らは考えた。しかし父や母がそれほどまでして送り込んでくれた大学は、この大学生活四年間は、僕たちにとってなんだったのか」

瀬川竜介の演説は、学生活動家たちのアジテーションとまったく違っていた。瀬川はとにかく自分の言葉で語ろうとしている。それだけでも驚きだった。わたしは学生たちの反応を見ようと振り返った。数人の活動家たちの顔も見えたが、ほとんどは学生運動とは縁のなさそうな人々で、教室の中はいっぱいに埋まっていた。

「かなり盛会だなあ。百人くらいはいるかな」

背後から声をかけ、森三郎はわたしの脇へ身を押しつけるようにして座り込んだ。わたしはそんな彼を意識しながらも、目は真っすぐ演壇を見つめていた。

「そもそも、どうして僕たちは、学術研究という精神的欲求を満たすために、大学と入学契約を結ばなければならないのか。それは教育研究手段が僕たちのものではないからだ。大学はこの教育研究手段を持つ所有者だ。しかし教育研究手段だけでは何も成立しない。この教育研究手段は、学生を客体として結合させた時、初めて成立する」

「異議なし！」

そんなお決まりのかけ声も、瀬川竜介の演説には似合わない。学生の中には、ペンを握って熱心にメモする者さえいた。

「では、学費とは何か。概念として言えば――」

瀬川竜介は、チョークを手にすると、わたしたちに背を向けて黒板に文字を書きはじめた。

「学費は（一）教授の労働力に対する対価であり、（二）事務労働力の対価であり、（三）固定施設の年間償却分及び流動諸物件――電気、水道、紙等々の年間消費分としての対価である」

「僕たちはこの学費を、（一）授業料として（二）入学金として（三）施設費として（四）半強制的な寄附金として納入させられる」

「では授業料とは何か。入学金とは？　寄附金とはどのような概念なのか。これらは区別であるが、区別の根拠を持っていない」

「（一）α、（二）β、（三）γ、（四）δと言ってもいいし、（一）ハト（二）ポッポ（三）カマキリ（四）ゼンマイと呼んでもいいし、あるいは（一）X（二）詐欺収入（三）横領収入（四）賄賂収入、と呼んでもいい」

森三郎がニヤニヤ笑いながら、軽く拍手した。でも周囲には笑いさえ起こらない。息を詰めて瀬川竜介の次の言葉を待っているような緊迫した空気が、教室の中に張りつめていた。演壇に立った瀬川の視線は、その目をともすると虚ろに、はるかかなたの空中をさまよわせてしゃべりまくる学生活動家たちとは違う。一人一人の目を、はっきりと見つめていた。

「入学してくる一年生のために闘う。これは卒業していく僕たちには関係ないことだろうか。そして日々虫けらのように殺されていくベトナム人民に会ったこともない僕たちには、この戦いもまた関係のないことだろうか……」

「これは長引きそうだな。めし食ってこようか？」

「お腹は空いていないけれど、喉が渇いたわ」

わたしは森三郎に促されて立ちあがった。一時から始まった討論会だが、今、時計はすでに五時を回っていた。教室の中の熱い人いきれとは打って変わって、外気は肩にゾクリと寒い。わたしたちは冷えていく身を寄せあうようにして歩きだした。

「矛盾しているなあ。やっぱり矛盾しているわ」

「何が」

「だってそうでしょう。学費値上げには断固反対する。それでいて絶対に卒業する。そんなことできるわけないでしょう。あくまでも値上げに反対すれば、卒業なんてできっこないし、絶対に卒業するつもりならスト破りをせざるを得ないわ」

「君だったらどうする？」

「わたしは卒業なんてしなくてもいい。最後まで自分の意志を貫きたいわ」

森三郎は掠れた笑いをもらしながら、まるでなだめるようにわたしの背をそっと叩いた。

「それじゃあセクトの活動家たちと同じだ。一般学生はついて来れないよ。瀬川さんの論理のユニークなところはそこだ。いくら学費値上げ反対の意志を持っていても、卒業したいと思えば結果としてスト破りをせざるを得ない。値上げ反対の意志は、その瞬間値上げ賛成の意志表示になってしまう。この値上げ反対の意志を殺さないで卒業する方法はないか。もしそんな方法があるなら、これは一般受けするぞお」

「そんな方法、ありっこないわ」

「しかし瀬川さんたちには、何か展望があるんだろう。あるいは最後の土壇場になる一歩手前までついて来てくれればいい。それまでは断固卒業するというスローガンははずせない。そんなところかもしれないな」

「まあ。それだったら詐欺じゃないの」

「詐欺でもなんでも、これは面白くなりそうだぞお。今四年でなかったことが悔やまれるなあ」

「浪人しなければねえ」

わたしたちは笑いながら学生相手の食堂へ入っていった。

その日の討論会は、夜の十時まで、実に九時間にわたって続けられた。二十名も集まってくれればという発起人の予想に反して、百名以上が結集するといった盛会さだった。そして瀬川竜介たちは、その討論会の結末に、四年生は値上げ阻止の意志をなんらかの形で表現しつつ卒業するという、奇妙な結論を導き出したのだった。


学費値上げの正式発表はいつか。自治会は気が気ではなかった。もし十二月中にそれが発表されたら、冬休みに入って学生たちはどんどん帰省してしまう。ストライキを打っても冬を越して年明けまで持ちこたえられるかどうか、誰にも自信はなかった。

十二月も押し迫ったある日、わたしは久しぶりに自治会室へ顔を出した。自治会室には人があふれ、誰もが興奮した面持で話したり歩き回ったりしていた。

「おう、それで捕まったのはなあ、メモしてくれ。美研のヤマダ、うん、それからあ、政治学会のオオスギ、いいか、うん、そして」

一台の電話にかじりつくようにして、大声で話しているのは香月卓也だった。

「じゃあ、ちょっとみんな聞いてくれ。今日の経過報告、ならびに今後の方針を委員長から述べてもらう」

相変わらずきちんと学生服を着た明石伸介が、一枚の紙きれを持って立ちあがった。

「本日、我々は大学当局がMホテルで学費値上げに関する会合を内密に開催するという情報を得た。冬休みも間近に迫り、帰省している学友も多い中、それでも六十余名の学友諸君とともに、Mホテルへ押しかけ、大学当局と冬期休暇中に最終決定をしないという文書を交換した。しかしながら大学当局ならびに官憲は、四名の学友を不当逮捕した。我々は――」

「四人も逮捕されたの？」

わたしは隣に立っていた顔見知りの学生にささやくようにして訊いた。

「うん、ホテルが官憲を呼んだらしいんだ」

でもとにかくこれで、闘いは年が明けてからに持ち越された。一九六八年は、どんな幕開けが待っているのだろう。わたしは一人、そっと自治会室を出た。


年が明け冬休みが終わった翌日、自治会は大講堂いっぱいに学生を集めて、大学当局との団交を持った。しかし学生との話しあい以前に、大学はすでに値上げ案を新聞社へ報告し、翌朝には発表されるばかりになっていたことが判明した。学生との話しあいは単なる民主的ポーズだったのだ。それを知った時、大講堂に集結していた学生たちの怒りは、一挙にストライキへとなだれ込んでいった。

それでも自治会は、数日して再び大学当局へ団交を申し入れるという手続きを踏んだ。拒否されることは織り込み済みだったが、これもまた自治会が大学と学生へ示したポーズだった。その団交要求が拒否されるや否や、すぐさま全学総決起集会が持たれ、自治会委員長明石伸介は、マイク片手に高らかにストライキ突入宣言をした。

「ああインターナショナル、我らがもの——」

明石伸介の歌声が、感度の悪いスピーカーから、しかし力強く流れた。見ず知らずの学生たちと肩を組み、明石伸介のあとに続いて、学生たちも一斉に歌いだした。演壇に駆けあがった十数人のヘルメット姿の学生たちは、流れる歌に合わせて旗を振る。自治会の旗や各セクトの旗が、彩りも鮮やかにゆっくりとゆらめいている。大講堂に響き渡る大合唱は、一人一人の意志を確かめあう儀式のように、重く厳かに流れていく。

「ああ、この感じ。何度やっても感動的だなあ」

背後で四年生らしい学生の感激に満ちた声が聞こえた。

「しかしなあ、二年前、ストライキ突入だって言われた時は、膝がガクガク鳴ったものだったよな。それが三回目ともなると、あの恐れに似た感動は、なくなってしまったなあ」

「それではあ、学部別、サークル別に仕事の分担を発表します。よく聞いてください。法学部、一年生から四年生まで、南門のバリケード構築。二号館の二〇一、二〇二、二〇三の教室から机と椅子を運んでください。経済学部と商学部――」

慣れたもので、指示されるとすぐにその学部やサークルの学生たちは隊列を組み、デモ行進をしながら次から次へ大講堂を出ていった。もうすでに夕暮れ時だ。陽が落ちるまでにバリケードは間に合うだろうか。わたしたち女子学生は、こんな時はなす術もなく、男子学生たちのきびきびとした身のこなしを見守っている。まるで火事の時のバケツリレーのように、机や椅子は学生たちの手から手へ、教室を出て階段を下りて、中庭を通って門の前へと休む間もなく運び出されていく。その机や椅子にはチョークで教室の部屋番号がしっかり書かれていた。バリケードを解除した時に、また元の場所へ戻すことまで、きちんと考えられているのだ。

門の前で待ち構えていた学生たちは、運び込まれた机や椅子を、まるで煉瓦を積みあげるように、巧みに構築していく。積みあげられた机や椅子を太い針金でしっかり留めている学生もいる。ペンチで針金を切る機械的な音が耳に心地よい。

黙々とバリケードを築きあげていく学生たちのやや紅潮した真剣な横顔が、暗さで見えなくなるまで、わたしは門の前に佇んで、ただ彼らに見惚れていた。

ストライキに突入しても、数日は何事も起こらなかった。自治会を中心に結成された全学共闘委員会の部屋も、各学部の連絡委員会の部屋も、数人で雑談したり、ガリ版を切っていたり、漫画雑誌を読んでいたり、のんびりとした雰囲気に包まれていた。

だが、発起人である瀬川竜介、五十嵐利男、黒沢哲の三人を三役に選出して、すでに動きだしていた四年生連絡会議＝四連会の部屋だけは違っていた。常に熱っぽい議論が、部屋中にみなぎっていた。

「そうだよ。何も卒業するからといって、卒業試験を受けて卒業式をやって就職するという形式を採らなくたっていいわけだ。もっと違った過程があってもいいはずだ」

「卒業試験をボイコットして、レポート提出でも卒業は可能だよ」

「ただのレポート提出では意味がない。レポートを自主管理して、それを大学側に認めさせるんだ」

「そうなったら凄いぞ。最後は自主卒業式だ」

どっと笑いが起こった。

「まあ、そこまで行けるかどうかわからないが、自主卒業式。これはいいぞ。狩野さん、メモしておいて」

五十嵐に言われて、わたしは鉛筆を握る。どんな小さな仕事でも、なぜか楽しい。一生懸命な自分が小気味いい。

「これは、物凄い顔ぶれだなあ」

聞き覚えのある声は森三郎だった。

「そんなに凄いの？」

森三郎はわたしが座っている椅子の背に腰かけると、身をかがめ、耳元でつぶやくようにしゃべりだした。

「みんなS学同盟に並々ならない恨みを持っているやつらばかりだぜ。一番右の眼鏡をかけたのは、S学同盟につぶされたセクトの元委員長だ。次の三人は連合自治総会の時、S学同盟に裏切られてつぶれたやつらだ。その横のは、彼女をS学同盟の一人に寝取られやがった。次のは元S学同盟員。学館闘争の総括で揉めて、一人でおん出たんだ」

「SK同盟。I同盟、K同盟の元委員長もいるものね」

確かに四連会は左翼崩れのたまり場のようだった。第一、五十嵐にしろ黒沢にしろ三役の内二人までが、れっきとした左翼崩れだ。皆それぞれに過去の傷を背に負って、四連会へと流れてきたのだろうか。きっと学生運動をしたくても身の置き場を持たなかった人間ばかりが、こうして集まってきたのだ。暗く重くじわじわとたまり続けた彼らのエネルギーは、今、発散の場を得たということなのだろうか。学生たちの議論は続く。

「確かに俺たちは卒業したい。いや、しなければならない。しかしだな、逆に言えば大学側だって社会的責任、あるいは経営の面からも、俺たちを卒業させなければならないっていう、弱みがあるわけだ」

「一番弱い部分とみられている俺たち四年生も、団結さえすれば、逆に一番強い切り札にもなるっていうことか」

「そこだよ。四年生の十分の一でもいい、二十分の一でもいい。それらが全員、卒業を担保にして戦えば、この闘争、負けとばかりは決められないかもしれないぜ」

「具体的に、どうやって学費値上げ阻止の意志を示すかということだよな」

「黙っているってことは、値上げ賛成ということになっちまうからな」

誰もが黙り込んだ。意志を示すといっても、卒業試験を受けない。それ以外に方法はないはずだとわたしは思った。ほかの人皆が受けないなら自分も受けない。でもほかの人が受けていくなら、自分も受けなければ不安だ。その辺が多くの学生たちの本音であるはずだ。情勢を見て右にでも左にでも動く。そんな不安定な集団なのだ。

突然、黒沢が思いついたように言った。

「学生証を集める。これしかないな」

「学生証?」

それっきり、しばらくは誰も何も言いださなかった。

「それだ!」

パチンと指を鳴らし、最初に沈黙を破ったのは、五十嵐だった。

「学生証はC大の学生であるという身分証明書だ。授業料を納める時も、選挙する時も、試験を受ける時も、絶対に必要なものだ。それをこの四連会で集める。これはいい!」

「しかしそんなに大事なものを、果たして何人の学友が四連会へ委託する気になるかなあ」

「俺たちがどれだけ信用されるかということだよな」

「よおし、やるだけやってみようじゃないか」

そう言って、瀬川は、もう胸ポケットから学生証を取り出している。

「あら、飲み屋に預けてあったんじゃあなかったの？」

「馬鹿を言え」

わたしの揶揄を軽くいなして、瀬川は学生証を黒沢の前へ無造作に置いた。

「これは金庫が要るな。仮学生証と、学生証預かり書の発行も必要だしな」

「ああ、少なくとも千枚くらいの学生証が入る、でかい金庫を用意してくれよ」

しかしその場で集まった学生証は十八枚。千枚どころか、百枚に達するのも夢物語のような、情けないありさまだった。

ストライキに突入してから、大学側はずっと休校策を採り続けていた。学生を大学に集めないこと、ストライキをやっている学生たちを孤立させ、その力を分断すること。これが当然ながら、大学側の戦術だった。対して学生側は、できる限り、一人でも多く、学生をバリケードの中に入れること、バリケードの外と内の学生の交流を活発にすることに全力を注いでいた。電話、はがき、手紙、訪問、あらゆる手づるを使って、人集めが行われていた。

「とにかく、狼煙をできるだけたくさんあげることだ」

黒沢は、きっぱりと言った。

「のろし？」

「そうだ。学年別、クラス別、サークル別、出身県別、なんでもいい。同好会でも麻雀仲間でも、女子だけの集まりでもいい。縦、横、斜めに網の目を巡らして、一人でも多くの学生を集めるんだ」

クラスへ帰れ、サークルへ帰れを合言葉に、学生たちは動きだした。クラスの中に、サークルの中に、同県人の中に、できるだけ多くの連絡網と討論の場をつくって、それを四連会へ結び付けていこうというわけだった。

クラスメートたちへ討論会の連絡をするために、はがきをもらおうと、わたしは全学共闘委員会本部の部屋へ顔を出した。本部は総長室を占拠してあてられていた。

「へーエ、これが総長の座る椅子なの？」

大学へ入って四年。もしこのストライキがなかったら、わたしは総長がどんな部屋のどんな椅子に座っているのか、見ることはなかっただろう。

壁に置かれた重厚な書棚のガラス窓に赤いマジックインキで大きく、

〈室内の書籍、備品に手を触れることを禁ず！〉

と書かれた貼り紙を見て、そう、わたしたちは暴徒じゃないのだと、嬉しさが込みあげてきた。

肘付きの茶のレザーのふかふかの椅子に身を沈め、普通の五、六倍もありそうなピカピカの机に両足を載せて、明石伸介が眠っていた。指の間に煙の出ている吸いかけの煙草を軽く挟んだまま、彼は眠り込んでいた。

「アブナイ、アブナイ」

わたしは、煙だけを残してただ灰になっていく煙草を、明石伸介の指の間から息を殺して抜き取った。それでも立ちあがってくる煙の処置に困って、その吸いかけの煙草を口にくわえた。煙とともに煙草の匂いを吸い込みながら、わたしはその場を離れた。よほど疲れているのだろう。明石伸介の眠りは深い。

「はがき、百枚ほどください」

「一応、一クラス六十枚ということになっているから。このノートにサインして。はい」

事務管理が実にしっかりしていると、わたしは感心してしまう。きっと事務能力に長けた人物がいるのだろう。誰だろう。森三郎ではなさそうだ。そのノートを開けば、いつどこの誰に何をどれだけ支給したか、マジック一本、紙の一枚まで一目瞭然なのだ。

わたしは支給されたはがきを右手に、左手には、もうすっかり火の消えてしまった煙草の吸い殻を持ったまま、四連会の部屋に戻ってきた。その煙草の吸い殻をなぜか捨てる気になれなかったのだ。

部屋へ入る前にわたしは、一瞬躊躇して、吸い殻をポケットの中にしまい込んだ。ポケットを軽く押さえたまま、部屋へ一歩足を踏み入れた時、わたしは見知らぬ女子学生の手から黒沢の手へと、素早く渡った紙幣を見た。

「そんなわけですから、よろしくお願いします」

女子学生は一礼し、黒沢は黙ってうなずいた。

「見ちゃった、見ちゃった」

「なんでもないよ。闘争にどうしても参加できないからって、これだけ置いていったんだよ」

そう言って黒沢は、一枚、二枚と、千円札を数えている。笑っていたわたしの顔が強張った。

「そんなの許せないわ。お金の問題じゃないもの。この闘争にどうやって関わっていくのか、生き方の問題でしょう」

「いいじゃないか。自分のできる方法で参加すりゃあいいんだ。霞を食っちゃあ生きていけないからな。軍資金は多いほどいい」

そう言って彼は平然と紙幣をズボンの尻ポケットへしまった。

「お金よりも学生証を置いていくべきよ」

わたしの怒りは治まらない。同じ金銭が絡んでいても、それが逞しければ逆に惹かれてきたわたしだが、こんな弱気は許せないと思った。

「まあ、そうカッカしないで。このガリ切ってくれないかな」

差し出された原稿は、大学当局が今日打ち出した卒業試験延期策に関するアジビラだった。

「敵もさるものだ。卒業試験をギリギリまで延期して、四年生の不安をかき立て、四年生が自らスト破りをするのを待とうっていう寸法だな」

「それまでにせっせと四年生の結束を高めなければね。学生証、何枚集まったの？」

「三十五枚」

学生証集約は遅々として進まなかった。闘争には参加するが、学生証を預けるのは困ると誰もが思っているのだろう。

部屋の隅の電気ストーブの前にかがみ込んで、一人の学生が熱心に小鍋をスプーンでかきまぜていた。ゆっくりとしたその手の動きには、とてもバリケードの中とは思えない長閑《のどか》な雰囲気が漂っていた。

「何？」

わたしは学生の背後から声をかけて、ストーブに手をかざした。瀬川さんたちももう歳だから、この寒さはこたえるでしょうと、下級生がどこからか調達してきた唯一の電気ストーブだった。でも不思議とわたしはこの冬、寒さを感じない。

「甘酒。酒の粕を煮溶かしているんだけど、火力が弱くて」

湯呑茶碗へ半分ほど注いだ甘酒が、わたしにも振る舞われた。生ぬるい甘酒が、喉に絡まった。

「やっぱり、甘酒は熱くなけりゃなあ」

学生はにっこり笑ってひと口飲み、さらにグイッと一気に飲み干した。

「今度、お雑煮つくってあげるわ」

わたしは学生を慰めるつもりでそう言った。

入口の辺りが騒がしくなって、入ってきたのはクラス討論会を終えた学生たちだった。

「やったぞお。四商五組。クラス闘争委員会確立だ」

嬉しそうに叫ぶ学生の声にうなずいて、壁に貼られたクラス別の表の四商五組の空欄に、赤く大きな花丸を入れたのは、黒沢だった。全クラスに闘争委員会を確立させよう！　をスローガンに、四年生連絡会議は地道に活動を続けていた。わたしたちも、もう何度クラス別、専攻別、学科別討論会を持っただろうか。クラス闘争委員会確立の大きな花丸は、毎日確実に増えていった。でも、そんなにして活気づいているのは、目の前に卒業試験ボイコットという明確な目標を持って動いている四年生だけだった。

大学側は、いつまでたっても学生側と接点を持とうとしなかったし、なぜか学生側も、大学側と接触しようとしなかった。

「まったく静的だよ。闘争に動きがないんだな。こんなストは初めてだ。この状態が何日も続いたら、俺たちの隊列は、だらけて崩れはじめるぞ」

ストライキに入ってまだ十日しか経っていないというのに、下級生の間には、確かに一種の停滞感が沈殿しはじめていた。

そんなある日の夕方、

「右翼が来るぞお――」

と叫ぶ声に、四連会の部屋は騒然となった。部屋の隅に並べた机の上に蒲団を敷いて仮眠していた学生は、ガバッと蒲団を跳ねのけて起きあがったし、書き物をしていた女子学生は、慌ててそばのインキ壺をひっくり返して、辺り一面ブルーブラックのインキが、鮮やかに飛び散った。部屋の中央で雑談していた数人の学生は、一斉に壁のそばに積み重ねられているヘルメットと角材を取りに走った。

「みんな、ばらばらにならないように。単独行動は避けてくれ。隊列を組んで、直ちに中庭へ結集してほしい」

五十嵐が、両手をメガホンのように口に当て、右往左往している学生たちに声をかけていく。

学生右翼がバリケード破りに来るかもしれないという噂は、わたしもたびたび耳にしていたが、本当に来るとなると、これは大変なことだ。右翼は日本刀や鉄パイプを持っているとか、柔道部や空手部に凄いやつがいるとか、特に女子学生には性的暴力を振るうとか、わたしたちの恐怖心は、前もって充分に煽られていた。

今までヘルメットなどとはとんと縁のなかった学生たちが、この闘争ではなんの抵抗もなく色とりどりのヘルメットをかぶって、すでに中庭に結集していた。寒さのためか武者震いのためか、盛んに足踏みして、中庭を行ったり来たりしている一群もいた。わたしたち四年生が到着するのを待っていたかのように、すぐマイクを握ってアジテーションを始めた学生の顔に見覚えがあった。以前集会の最中、学生右翼数人にいきなり襲われ、顔面から真っ赤な血を流しながら、それでもマイクを手から離さずに、右翼糾弾の演説をし続けたという豪傑だった。それ以来彼は男をあげたと、もっぱらの評判だった。右翼に関する集会に、決まって彼が出てくるのも、自治会幹部の計算かもしれなかった。

「寒いなあ。コーヒーでも飲みに行こうか」

森三郎はいつもそんなふうに、わたしの背後から声をかけるのだ。

「こんな時に?」

わたしは彼を見あげて眉をひそめた。でも同時にわたしは、森三郎のこんなところが好きだと思った。

「いいから、黙ってついてこいよ」

くわえ煙草をしながら、襟を立てたコートに首を埋め、彼はもう歩きだしている。

「森さん、大丈夫ですか?　気をつけないと」

校門の前の検問所にいた数人の下級生が、心配そうにチラリとわたしを見た。右翼の性的暴力というのが、どんなものか知る由もなかったが、ただただ怖いという思いがわたしにもあった。

でも森三郎なら、たとえ右翼が何十人来ようとも、命を張ってわたしを守ってくれるだろう。そんな甘い幻想的な信頼が、なんの躊躇もなくわたしを検問所の外へ出させた理由のすべてだった。もちろんその時のわたしは、一人で歩くよりも、右翼に顔の売れ過ぎている森三郎と一緒に歩く方が、よほど危険が高いことに気づいていなかった。外へ出ると、彼は煙草を道端に投げ捨て、靴の先で乱暴に踏み消した。

「あんな茶番劇に、俺たちまでつきあうことはないよ」

「茶番劇?」

「ああ、みんなつくられたデマさ。近頃なんとなく中だるみ状態だったからな。活を入れるために執行部がよく使う手だ」

「じゃあ、右翼は来ないの?」

「そんなもん来るものか。C大の体育連盟は静観する腹づもりだぜ」

「どういうこと?」

「ストにも反対だが、学費値上げも納得できないということだ」

大学側の出す方針に反対する体育連盟なんて、聞いたことがなかった。

もう騒ぎも治まっただろうと、バリケードの中へ帰りかけたわたしたちに声をかけた人がいた。

「森君、森君」

「やあ、おじさんじゃないですか」

赤ら顔の初老の男を見て、森三郎はいかにも親しそうに握手を求め、もう片方の手で小柄な男の肩を叩いた。大学の用務の仕事をしているおじさんだった。今さらながらわたしは森三郎の顔の広さに驚かされた。

「元気ですか」

「うん、うん」

目元を眩し気にしょぼつかせて、用務のおじさんは何度もうなずいた。

「がんばるなあ、あんたたちも」

用務のおじさんは、胸ポケットに手を入れ、長いことまさぐっていたが、やっと不安そうに、一枚の紙幣を取り出した。

「これ、闘争資金の足しにと言っちゃあなんだけど……」

さすがに森三郎は驚き顔で、紙幣を見つめながら、受け取ったものかどうか思案している様子だった。

「いいから、いいから。ほんの気持だけなんだから、な」

森三郎の手に紙幣を無理やり握らせてしまうと、おじさんの顔にやっと、ほっとしたような満足感が優しく広がった。

「ありがとうございます。気持がとっても嬉しいです。頑張ります」

森三郎と一緒に、慌てて何度も何度も頭を下げた先に、今にも穴があきそうなほどくたびれたおじさんの靴を見た。この一枚の紙幣があれば、おじさんは靴を新調できるのではないか。そこまでして学費値上げ反対闘争をひそかに支持していてくれる人がいたのだと、わたしの胸は詰まった。

森三郎と別れて、四連会の部屋に戻ってきたわたしのすぐうしろから、数人の学生たちが賑やかに談笑しながら入ってきた。この闘争の最も大きな特徴は、四年間学生運動とはまったく無縁だった学生たちが、三人、四人と集まってきていることだった。賑やかに入ってきた彼らも、そんな仲間だ。その中の一人の上着の両ポケットが、不自然にふくらんでいた。

「瀬川さん、いいものあげようか?」

いかにも嬉しそうな笑いで、顔をクシャクシャにして、学生は両ポケットを得意気に叩いた。

「おっ、差し入れか?」

瀬川もまた、期待に満ちた顔で学生の笑顔に応える。

「ほおら! ね」

部屋中に歓声があがった。学生のポケットからは一合瓶の日本酒が、一本、二本、三本、四本、五本。彼はその一本一本を大事そうに机の上に並べてから、顔をあげ、瀬川を慕うような目で見あげた。

「おいおい、バリケードの中で酒盛っていうのは、ちょっと不謹慎じゃないか」

五十嵐がためらいがちにそう言った。

「いいじゃないか。この寒さだぞ。俺たち老人は、酒でもひっかけんと身が持たんからなあ」

そう言って瀬川は、一本の瓶の栓をもう抜いている。その学生のポケットからはまだ出てきた。彼は袋入りのピーナッツやさきいかの封を歯で嚙み切って、机の上に並べた。

「チキショウ。今頃総長は、暖房のきいた部屋で、舶来のブランデーかなんか飲んで、俺たちをどう料理しようか、作戦を練っているかもしれんなあ」

そうつぶやいた仲間の言葉に、皆は一瞬押し黙り、乾杯の仕草をしてから、一斉に冷や酒をグイッと飲み干した。

「みんな、聞いてくれ」

黒沢が持っていた茶碗酒を、机の上に戻して立ちあがった。

「学生証の集約が、本日やっと五十枚を突破した。僕たちの当初の予想に反して、五十枚に達するには、かなりの時間と討論と努力が必要だった。しかしながら、それだけにこの五十枚には、最後の最後まで戦い抜くと言った、五十人の四年生の強い意志があると確信できる」

「そこで一つ、四連会三役の方針を提案したい。今まで学生証集約は、四連会だけで行ってきた。しかしこの方法には限界がある。今後はクラスにおいても学生証を集約できるようにして、この二つの系列を軸に、さらに学生証集約の運動を拡大していきたいと思う」

「クラスの自治委員が集約するわけか」

「いや、特に自治委員と規定はできないだろう。自治委員にもいろいろなやつがいるからな。集約するのは、この四連会に学生証を預けているクラスの人間ということにしたらどうだ」

「俺には賛成だな。クラスの人間なら顔も気心も知れているから、学生証を預けるにしても不安は少ないだろう」

「必要な時はいつでも返すという条件をつけた方がいいですよね」

「それはよくないよ。一旦預けるって決心した以上、とことんつきあってもらわなけりゃあ。必要なのは、預ける時の心意気というか、決意のようなものだからな」

「いや、それはわかりますけどね。もちろん学生証集約の内容も大切ですよ。しかしですね。外的権力に対抗するには、量も大切ですからね。いつでも返してもらえると思えなければ、不安で預けられないのが、普通の学生の意識だと思いますよ。僕は」

アルコールが入ったせいか、学生たちの討論は次から次へと広がっていく。こんなにして誰もが自分の言葉で、素朴な自分の意見を自由に述べあう闘争が、今までこのC大にあっただろうか。わたしはそんな感慨と一緒に、茶碗の底に少し残っていた冷や酒を力強く飲み干した。


一人の女子学生が、四連会に籠《かご》いっぱいのゆで卵を持って差し入れに来たのは、雪の降る寒い日だった。

「あっ！　卵だ！」

山と盛られた白い卵を見て、目の色を変え、これに飛びついたのは一人や二人ではなかった。来る日も来る日も何も起こらない、ただ消耗するばかりのストライキの中で、何やら栄養失調気味だと、誰もが体力に自信を失いかけていたのかもしれない。わたしは卵を夢中で頬張る学生たちを、愛おしい思いで眺めていた。

「ストップ。もう駄目よ。あとは瀬川さんに食べてもらうんだから」

彼女は、さらに伸びる何本もの手を払いのけ、卵の籠を胸へ抱え込んだ。卵はすでに数個しか残っていない。

「それはないよ。それこそ差別というものだ」

でも彼女は、頑としてその豊かな胸から籠を離そうとしない。

「瀬川さんなら小会議室にいたよ」

「ありがとう」

顔が輝くというのは、こういうことを言うのだろう。ジーパンにぴったり馴染んだ丸い腰を振りながら、女子学生は四連会の部屋を飛び出していった。

「まいったなあ」

そう言って、一人が水と一緒に口の中にもこもこと残っていたゆで卵を飲み下した。

「あれだけストレートに表現できるなんて魅力だわ」

「あれ、狩野さん知らないの。彼女のナンバーワン好み」

「なあに、それ」

「最初はS学同盟の大さん、次がSK同盟の委員長、それからM青同盟の波木井和人、今度が四連会の瀬川さん。彼女、委員長や代表ばかりを片っ端から狙って恋してるんだ。大抵は報われないらしいけど」

「なるほど、自分の主義主張っていうのがないわけだな」

そばにいた学生の言葉に、自分だって似たようなものだと、わたしは思わず苦笑した。どこのセクトにだって、たとえ右翼にだって、魅力的な人間は、男によらず女によらず一人や二人いるものだ。そんな人に恋をしたり、興味を持ったとしても、それは自然な感情だ。むしろ、ほかのセクトの人間とは恋愛をしないという方が、異常ではないか。

わたしはコートの襟をかきあわせるようにして中庭へ出た。中庭一面にうっすら積もった雪の上に、靴跡をつけて歩くのは心地よかった。確か校門の前で、ドラム缶に火を焚いて、下級生たちが暖をとっているはずだった。あの火のそばへ行こう。わたしは点々と中庭に靴跡をつけて歩いた。と、いきなり何かで叩かれたようなショックがわたしの頬に走った。思わず身構えたわたしの視界に飛び込んできたのは、雪のかたまりを両手で丸めながら笑っている森三郎の真っ白な歯だった。

「あっ、やったなあ」

わたしは咄嗟に足元の雪をかき集め、手で丸めようとした。でもそれよりも早く、森三郎の雪つぶては、今度はわたしの顔のど真ん中へ命中した。

雪のかたまりを握ったまま、わたしは彼を追う。森三郎が逃げる。逃げながら、身をよじって彼の三発目が宙を飛ぶ。

「いよっ、ご両人。お若いですねえ」

下級生の野次も、わたしにはなぜか嬉しい。

「さあて、ひと汗かいたところで、面白いものを見せてやろうか」

森三郎はそう言って、意味あり気に笑った。

「森君って、いつもそんな風なのね」

わたしは彼を軽く睨んだ。


狭く暗い階段を登りきってドアを開けると、たち込める煙草の煙と人の体臭で、わたしはむせ返った。

「おっ、やってるな」

ドアの前に佇んで、中へ入るのを躊躇しているわたしに構わず、森三郎はずんずん奥へ入っていく。

「おいおい森。狩野さんも連れてきたのかあ。ちょっとまずいぞ」

四角い卓の上で麻雀の牌を囲んでいる四人の内、二人には見覚えがあった。四連会にちょくちょく出入りしている文学部の学生だった。

「大丈夫だ。彼女は見かけによらず逞しいよ」

眼鏡をはずした森三郎が、意味あり気にうなずきながらわたしを見た。

「おっ！　ロンだ。清一色《チンイツ》、ドラ、ドラ、ドラ、倍マン、親。二万四千だ。申し訳ないねえ」

「あーあ、またやられちゃったよ。さっきは四暗刻《スーアンコ》だもんなあ。ついてないなあ」

「ぼやくな、ぼやくな。実力の差だよ」

顔見知りの文学部の学生が勝ったようだ。積みあげられていた牌が崩されて、四人の手が力強く牌をまぜ返す。今のあがりの手について話している四人の表情には、ストライキの疲れなど微塵も見られない。本当に明るい。

「この麻雀に何が賭けられているか当ててみな」

森三郎が、真っすぐ卓の上を見つめたまま、低い声で言った。

「……お金でしょう？」

「違うな」

「飲み代？」

「違う」

「まさか女じゃないでしょう？」

森三郎は、掠れ声で愉快そうに笑いながら、ゆっくり首を横に振った。

「わからないわ」

「学生証だ」

見かけによらず逞しいと紹介されたばかりのわたしだったが、さすがにはっとした。学生証と言えば、もちろん四年生連絡会議で必死になって集約しているあの学生証だろう。

今や学生証集約が目的化されてきているのだと、その時わたしは不思議なほど静かな気持で思った。これが運動のメカニズムというものなのだろうか。五十枚達成まで、学生証集約は四年生の内部固めのために使われていた。四年生の結束という固い決意の証だった。しかし五十枚を過ぎた頃から、学生証は敵である大学側に対抗するための物理的な力として使われるようになってきていた。朝登校すると、正門の立看板の、

〈学生証集約、×日現在、二百十五枚〉

などという大きな文字が真っ先に飛び込んでくる。実際五十枚を過ぎた頃から、学生証は面白いように続々と集まってきていた。その数字が日ごと増えていくのを見るのが、わたしの楽しみの一つになっていた。たとえ麻雀で負けた借金の代わりに集められた一枚でも、それは立派に意味を持つのかもしれない。

「三役に知れたら大変ね」

森三郎はまたしてもカラカラと笑う。

「この麻雀の元金はな、四連会の書記局から出ているんだぜ」

「黒沢さんから?」

そうかもしれない。あのひと癖もふた癖もありそうな黒沢が、きれい事だけでこの闘争と取り組んでいるとは思えない。

わたしはふと、瀬川のあの限りなく澄んだ目を思った。

「きれいな目の女の人なら何人もいるけど、男で瀬川さんみたいにきれいな目をした人、見たことがないよ」

そんなことを言った男子学生もいた。瀬川は、この麻雀の一件を知っているのだろうか。

「俺は少しこいつらにつきあっていくけど、狩野さん、どうする?」

「見るものを見たから、もう帰る」

わたしは出口へ向かって歩きだした。森三郎がすぐ追いかけてきて、わたしの目を真っすぐ見ながら言った。

「今夜、俺のところに飲みに来いよ」

東條美津子のカラー写真が飾られているあの部屋へ、飲みに来いというのだろうか。わたしはしばらく黙っていた。森三郎もまた黙っている。

「あなたたち下級生には、このストライキに対する緊張感が欠けているわ」

わたしは半分怒ったようにそう言ってみたが、なぜか自分の顔が笑顔になっていくのを抑えられなかった。四連会の内部は、特に男子は、このストライキの間、色恋沙汰にはとてもストイックだった。バリケードの中に色恋沙汰を持ち込むなといった不文律のようなものが、暗黙の内に行き渡っているかのようだった。闘争のエネルギーが性的エネルギーを吸収してしまったのだろうか。とにかく今、四連会内部は、色恋沙汰にひどく静かだった。

「いいわ。今夜、七時に」

わたしはバリケードの中の、あの禁欲に逆らうようにして、森三郎の誘いに乗った。

積もった雪を踏みながら、わたしは校舎の壁や、柵一面に貼られたビラを、ゆっくりと見て歩いた。詩のサークルは高らかに闘いの創作詩を詠い、漫画部はポンチ絵のような風刺画を描き、日本史学科は江戸時代を模した立札に闘争宣言を書き、社会学科は、社会とは何かから論を推し進めて、闘争理念を訴え、それぞれの学生たちが、それぞれ自分のやり方で、このストライキに向きあっていることが、貼り紙を見ただけでもひしひしと伝わってきた。コートのポケットに両手を入れたまま、わたしはユニークなビラを探して、さらに歩き続けた。

「おっ、狩野さん」

校門の前でばったりと、久しぶりに宮永大に会った。

「量が変わると、質も変わるって本当ですね」

心の内では学生証集約の一件を思いながらも、抽象的にそれだけ言った。宮永大の顔に、みるみる人懐っこい笑いがあふれた。でも彼の口から出てきた言葉は、おかしいほど現実的なものだった。

「めし食いに行こうか」

学生相手の食堂で、宮永大は、実によく食べた。もちろんわたしの奢りだ。彼の逞しいほどの食欲をわたしは感心して眺めながら、一人ゆっくりとコーヒーを飲んだ。

森三郎の部屋へ入るなり、わたしは真っ先に東條美津子のカラー写真を探した。でもあの壁から美津子の写真は消えていた。わたしが来る前に彼はあの写真を取りはずしたのだろうか。きっとそうだ。するとわたしに対する彼の確とした意志が手に取るように伝わってきて、わたしはかえって度胸が据わっていくような、ふてぶてしい気持になった。

「何飲む？」

「ウイスキーのストレートでも、焼酎でも、どうぞなんでも持ってきてちょうだい」

「今夜は荒れてますねえ」

彼はわたしに背を向けて冷蔵庫のドアを開けた。真っ赤なストーブの火を見つめたまま、わたしは黙っていた。

「よおし、覚悟はいいかあ」

何やら凄みのある声と一緒に、わたしの前にどんと置かれたのは、一升瓶だった。彼の言葉を無視して、わたしは自ら二つのコップへとくとくと冷や酒を注ぎ、乾杯もせずにひと口飲んだ。

「おいしい！」

「日本酒は冷やに限るな」

森三郎もゆっくりとコップを傾ける。わたしにはつまみを買ってくるという甲斐性もなかった。乾き物と缶詰を肴に、二人の酒盛が始まった。わたしはとにかく一刻も早く酔ってしまいたいという性急な思いに駆られて、乱暴に冷や酒を飲み干していった。

「あとで回ってくるぞお」

そう言いながら彼は、わたしをじっと見据えた。

「そうなったら、どうなるの？」

挑むようにわたしは言った。一瞬の沈黙があった。

「こうなるんだ」

森三郎はやおら立ちあがって、二人の間を隔てていた卓袱台を脇へ押しやり、わたしの躰にその大きな身体を重ねてきた。

わたしの記憶はそこまでで見事に途切れている。

それから記憶がつながるまでに、どれだけの時間が流れたのだろう。わたしの躰の自由を奪っている重い肉体をわたしは眠りながら微かに意識していた。決して不快ではない、それは何かが満たされていくような不思議な重さだった。ふうっと息を吹き返すようにして気づいた時、すぐ間近に森三郎のはっきりとした目を見ても、わたしははね返すこともなく、うっとりとその身をゆだねていた。

「わかるか」

何が？　わたしは男の肉体の重みを無抵抗に受け止めたまま、黙って首を傾げた。

「ちゃんと覚えていてくれよ」

彼の太腿に力が入った。それを受け入れたわたしの柔らかな下半身は、押し開かれるような鈍い痛みに耐えて、小さく震えた。

「わかったか」

耳元を熱く這うようにして伝わってくる彼の声を、わたしは激しくかき抱くようにして聞いた。それっきり視覚を固く閉ざして、わたしは森三郎と一緒に、肉と肉の感触だけの世界を、浮きあがり沈みながら、酔いに任せていつまでもいつまでも泳ぎ回っていた。


ストライキも三週間目に入ろうとしていた。しかし学生側は動かなかった。何も起こらない日常は、学生たちの苛立ちを深め、こんな状態では今に内部分裂を起こして、当局の思う壺にはまってしまう。何か行動を起こさなければとする下部からの強い突きあげを抑えに抑えて、じっと動かなかった。

三月上旬までに卒業試験と入学試験を何がなんでもやり遂げなければならない大学側にしてみれば、バリケードを許しておけるのも二月中旬までが限界のはずだった。こちらが動かなくても、必ず大学側が動いてくる。全学共闘委員会は、そう読んでいたのかもしれない。四連会内部にも焦りはあった。とにかく大学側と団交を持とうじゃないかという声の方が、むしろ強かった。黒沢は、それらの声をほとんど一人で抑えていた。

「団交っていうのはなあ、こっちに相手を威圧するだけの力がある時にやってこそ意味があるんだ。今俺たちの力といったら、卒業試験ボイコットをどこまでやりきるか、それしかないと思うんだ。もう少し待ってくれ。そんなに長いことじゃない」

そんな時、瀬川はいつも黙っていた。

「俺はなぜ闘うのかということはよくわかるんだけどなあ。ではどうやって闘うのかっていう戦術論になるとまったくわからないんだよ。黒沢、俺は今日何をしたらいいんだ？」

わたしにしてもその点は同じだった。全学共闘委員会が団交尚早論を打ち出せば、ただそれに従うだけだった。

そしてついに大学当局が、学生部部長を通じて学生側に会見を申し入れてきた。卒業したい四年生の弱みよりも、卒業させなければならない学校側の弱みの方が、今や日ごとに強まってきていた。もしも大学側の申し入れに尻尾を振ってついていったら、今、学生に有利なこの力関係は、たちまち逆転するだろう。全学共闘委員会は、大学側の申し入れを、ためらうことなく黙殺した。

しかし大学側は、一方で学生との会見申し入れという民主的ポーズをとりながら、そのすぐ裏で、C大学付属高校の大学学部別内部選考試験を強行しようとしたり、学部別卒業試験説明会と称して、学生を学部別に各地へ分散させる策を練っていた。

西に付属高校の内部選考試験があると聞けば、行って付属高校生を必死に説得し、東に学部別卒業試験説明会があるとの情報を得れば、飛んでいって説明会を糾弾会に切り替える。何か事が起これば、学生たちは動く場を得て、生き生きと活動した。

そして付属高校生たちが、C大学ストライキ支援を、内部選考試験自主ボイコットという形で高らかに決議したその夜、まず先陣部隊の学生たちが、翌日数ヵ所で強行されようとしていた卒業試験を阻止しようと、各地へ分散して泊まり込みに行った。

四連会の黒沢に案内されて、わたしたち数人の女子学生は大学内にある学生食堂の調理室へ行った。暗い地下への階段を降りながら、その薄気味悪さに、わたしたちは何度も声をあげ、立ち止まった。

「ここは電気が切られているんだ。我慢して。足元に気をつけろよ」

懐中電灯を照らしながら先へ行く黒沢に遅れまいと、わたしたちは一団となって、恐る恐る進んだ。突然、誰かが叫んだ。

「キャーッ、何！　踏んだあ。ねずみ?!」

「ギャーッ」

「大丈夫かあ。今蠟燭をつけるからなあ」

太い蠟燭が何本か立てられて、人が動くたびに、その影が異様なほど大きく不気味にゆれた。

そこはまるで穴蔵のような調理室だった。

「とにかく食べられそうなものを探してくれ」

言われて大型冷蔵庫を開けたわたしは、思わず込みあげるような激しい吐き気に襲われた。動物性蛋白質と野菜の腐敗した強烈な悪臭が、鼻孔を突き刺した。

「わあ、ひどい、これ見て！」

女子学生に言われて、わたしは大きな鍋の中を覗き込んだ。きっとストライキの前日に、シチューでも仕込んであったのだろう。鍋の表面を膜のようにぎっしり緑色の黴がおおい、臭を放っていた。

「冬でも生えるのね、黴って」

とにかく食べられるものといったら、米と調味料と缶詰類だけだった。大きな鍋三つを使って、わたしたちは米をとぎ、グリンピースや缶詰の魚介を刻んで入れ、塩、醬油、味醂、酒で味付けをして、炊き込みごはんをつくった。ほのかに醬油の匂いがしてきた頃、それにつられてか、数人の男子学生が、ぞろぞろと調理室に入ってきた。

蒸らしたごはんを握るそばから、次々と男子学生の手が伸びて、毒味だと言い訳しながら頰張る。

「うまい！」

無邪気に笑ったその顔にうなずきながら、わたしの内に広がったのは清々《すがすが》しい達成感だった。

翌朝、わたしたちが用意した握り飯を持って始発電車に乗った後続部隊は、各地で行われようとしていた卒業試験場へ次々と乗り込んでいった。

「まるで人民列車みたいだったぞ。始発だったから、C大学の学生がほとんど車両を占領しちまってなあ。あっちこっちで車座になって討論したり、車内で瀬川さんがアジテーションぶったりしてよお。中国の革命の時なんて、あんな感じじゃあなかったのかなあ」

頰を紅潮させて興奮気味に語る仲間の声を聞きながら、わたしは居たたまれない気持になった。ゆうべ、終電車に間に合いそうもないことを自分への言い訳のようにして、わたしはまた森三郎のアパートに泊った。

耳にかかった熱い吐息や、わたしの乳首を軽くふくんだ彼の唇の感触を、まだいっぱい躰に残しながら、卒業試験の会場へ駆けつけた時、すでに辺りは静まりかえっていて、ほとんど人影もなかった。

「卒業試験はどうなったの？」

立看板を片づけていた学生に声をかけた。

「混乱を避けるために延期します、だとさ。学生証は八百枚を突破したしな。いよいよ機動隊が乗り込んで来るのかなあ」

学生たちとC大学のバリケードの中へ戻りながら、わたしは大きくため息をついた。

卒業試験阻止こそ学費闘争の山場なのに、いったい自分は何をしていたのだろう。森三郎たちによる選挙の不正行為をこの目で見たあの瞬間から、わたしのすべての価値観は、大きく逆転し混乱してしまった。羽田闘争の時、次々と仲間が検挙されていくのに、まんまと自分だけ機動隊の手から逃げおおせたあの日、もう二度と逃げたりはしないと、心に決めたのではなかったか。そんな決意で、わたしはこの闘争で生まれ変わりたいと思っていた。何か明確なものを、はっきりとこの手につかみ取りたいと思っていた。それなのに、わたしは男と寝ていた……。

「狩野さん、ほら、見てみろよ」

「えっ？」

意識をぼんやりと拡散させていたわたしの視線が、はっと指さす方向へ集中した。

「旗だよ。旗」

ジグザグデモを繰り返しながら、次第に夥しい数の旗が近づいてきた。白地に真っ赤な文字が鮮やかに染められている。4法1、続いて4法2、4法3、と激しくゆれながらやって来る。4法4、4法5、4法6……まだ続く。

「壮観だろう。四年生の法学部と文学部には、全クラスの旗が立ったんだぜ」

4法7、4法8、4法9、白くくねりながら、旗はわたしの目の前を次から次へと流れていく。この一本の旗をクラスの中に立てるために、どれだけ多くの時間と忍耐と、努力と争いがあったのだろう。この白い旗に、クラスの名を染めるために、何人もが真剣に考え、悩み、怒り、泣き、決意したのだ。わたしの胸に熱いものが込みあげてきた。

わたしは必死で4文社会学の旗を探した。4文国文学、4文仏文学、4文哲学、来た！4文社会学。わたしは森三郎の激しい愛撫の名残りを、躰から引き剝がすようにして、4文社会学の旗をめざし駆けだした。

卒業試験が延期されてから、大学当局の動きがまたしてもピタリと止まってしまった。

「嵐の前の静けさだなあ」

誰もがそう思っていた。

折しもチラチラと雪が降りだして、これは近々大事件が起こると、誰もが思い込むのに充分な舞台効果をあげていた。

わたしは卒業試験が延期された日以来、洗面用具や下着を詰めたボストンバッグを家から持ち込んで、時には大学に、時には森三郎の部屋に泊まり込んでいた。

どちらかと言うと保守的な両親だったが、学費値上げ反対運動には意外なほどの理解を示し、母は差し入れの握り飯を一緒につくってくれたりした。両親は、高校まで〈いい子〉だったわたしが、時々男とセックスしているなどとは、夢にも思わないのだろうか。わたしと握り飯を握っている母は、楽しそうだった。

全学共闘委員会は、すでに重要書類や学生の名簿などをひそかに校外へ持ち出しはじめていたし、機動隊に踏み込まれたあとの集合場所も第一、第二、第三候補まで予め決めていた。

わたしは四六時中、四連会の部屋に入り浸り、嵐の前の静けさって、こんなにも明るいものなのかと感心しながら、仲間たちの会話を聞いていた。

「それにしてもこの校舎は、バリケードを築くのに都合よくできているよなあ」

「ああ、南門と北門さえ固めれば、あとは中で何をやっているか、まったくわからないぜ」

中庭を四角く囲むようにして、一号館、二号館、三号館、四号館が隙間なく建てられていたから、二つの出入口さえ堅く守れれば、かなりの日数、この校舎に立て籠ることが可能だった。

「やっぱり出入口にコンクリートを流し込んで、長期戦っていうとこかな」

「食料はどうするんだ」

「そりゃあお前、中庭のコンクリートを剥がしてよ、畑をつくるんだよ。鍬で土を掘り起こして芋や野菜の種撒いて、自給自足だ」

「豚とか鶏飼ってな、大きな池つくって、魚も放すか」

「そうなったら、外では心配だろうなあ。中で何やっているかわかんねえもんな。やきもきしてヘリコプターで見に来るぞ」

「水を止められたらピンチだぜ」

「そんなこと人命尊重の立場からできるわけねえよ。外の部隊との連絡には、伝書鳩だな。電話だと盗聴されるからな」

もう今夜にも機動隊が導入されるかもしれないという緊張感から、気を奮い立たせようとこんな冗談を言っているのではなかった。少なくともわたしにはそう思えた。闘争が絶望的になってくればくるほど、なぜか学生たちの表情は明るくなり、話は止めどもなく非理論的になっていった。

「その内一年くらい経ってよお、子どもが生まれることになったらどうするんだよ。誰が取りあげるんだ」

「なんで子どもが生まれなけりゃあならないんだよ、なあ、狩野さん？」

わたしは声を立てて笑った。

「たとえコンクリートで出入口を固めたとしてもだなあ、機動隊は手強いぞお。ヘリに乗ってよお、落下傘部隊かなんかで飛び降りてくるかもしれないし、二階の窓から梯子づたいになだれ込んでくるかもしれないぜ」

「そうしたらだなあ、二階、三階、四階と、バリケードをどんどん上へ移動させて、最後は屋上の上」

「そこでみんなで、一、二の三って飛び降りるかあ」

わたしは何十人、何百人の学生たちが、一斉に両手を大きく広げて、屋上から飛び降りるさまを想像し、なぜかうっとりとなった。その中の一人に、このわたしがなってもいい。一瞬、そんな気にさえなっていた。

「しかし冗談じゃなく、俺もなあ、本気で思ってるんだ。長い一生の内一度くらい、留置所へ入ってみるのも悪くはないなって」

そう言ったのが、今まで学生運動とはほとんど縁のなかった学生だったので、わたしは驚いた。留置所へ入ったら、当然就職にだって差し支えるはずだ。でも、今彼らの表情のどこにも、そんな翳りは微塵も感じられなかった。

「狩野さん、よおく覚えておけよ。官憲に捕まったらなあ、とにかく『知りません』『黙秘します』『覚えてません』、この三つをうまく使いこなして、何もしゃべらないことだよ。絶対挑発に乗るんじゃないぞ」

わたしは真面目に何度もうなずいて聞いた。でも心の中では、警察の挑発に乗りに乗って、支離滅裂、滅茶苦茶になるのも悪くない、などと不謹慎なことを考えていた。巷には〈逮捕された時の心得〉なるパンフレットも出回っていて、学生たちは熱心に回し読みをしていた。

夜になって、後楽園にある分校の理工学部にずっと泊まり込んでいた学生部隊が、全員本校に引きあげてきた。闘いの最後の砦を本校に置き、全員で事に当たろうというのが全学共闘委員会の方針だった。理工学部を引き払ってきた学生たちは、皆無精髭を生やし、何やら薄汚れて見えた。拍手に迎えられて四連会の部屋に入ってきた彼らは、いくぶん照れながらも、しかし目だけはギラギラさせて、その内の一人が真っ先にわたしを見た。

「あっ！　女だ！」

ゲラゲラと皆が笑った。そんな笑いにおかまいなく、彼は無遠慮にわたしの身体を眺め回した。

「まいったよ。理工学部にはよお、女が一人もいねえんだもんな。よくあんなところで生きていけるよ。チキショウ。ねえ、お茶入れてくれないか」

彼は今にもわたしの身体にさわりた気に、グイグイと顔を近づけてきた。蒼白く、頬もげっそりとやつれた顔に、目だけが貪欲に熱を放っていた。少しくらいなら触らせてあげてもいいなという思いをそっと抑えて、わたしは茶を入れるために立ちあがった。


機動隊を導入するための言い訳として、その前に手続きを踏んでおこうと考えたのだろうか。再び大学当局から会見の申し出があった。全学共闘委員会は、この会見を団交に切り替えるという条件付きで、大学当局の申し出を受け入れた。

講堂の右側の演壇には、理事長を兼任している最高責任者の総長と学長、各学部部長、そして学生部部長が顔をそろえていた。総長のうしろには、いつものことながら白衣姿の看護婦が寄り添うように立っていた。総長を病人のように弱々しく見せて、一部の学生の同情を引こうとするこの演出は、いったい誰が考えたのだろう。少なくとも総長でないことは確かだ。両腕を組み、椅子にふんぞり返って座っている総長の脂ぎった顔は、健康そのものだ。固く唇を結び、演壇上から目だけを鋭くぬかりなく光らせている姿は、総長を病弱に見せようとする演出から完全にはみ出していて、わたしは逆に総長に好感を持った。

講堂の左側には全学共闘委員会代表のメンバーが顔をそろえていた。委員長の明石伸介がマイクを握った。

「先生、僕たちは、教授会の意見としてはとか、大学の方針としてはとか、そういったことを訊いているわけじゃないんです。先生は大学教授として僕たちに学問を教えている。かなり斬新な講義をし、僕たちを啓発してくれました。先生が全存在をかけて僕たちに教えてくれたあの学問は、先生にとっていったいなんなのか。先生が生きていく上でどれだけの重みを持っているものなのか。先生の生き方と、まったく無関係なものなのか。そこが知りたいんです。このことは、今度の学費闘争に、先生が教授会としてではなく、一人の人間としてどう関わっていくのか、そういった問題でもあると思うんです。答えてください」

名指しを受けた法学部教授は、頬をいくらか紅潮させ、じっと天井を見あげたまま黙っていた。

「答えろ！」

「なんとか言えよお」

四方八方から野次が飛ぶ。まばたきもせずに、法学部教授はいつまでも口を閉ざしている。

「じゃあ、質問を変えてもいいんです。今の大学教育のあり方が、学術研究の場として正しい方向に向いているのかどうか。学費値上げが、本当に先生方や僕ら学生たちが望んでいるような真理探究の場を、約束してくれるのかどうか、先生の個人的な意見を訊きたいんです」

進行係の学生から無遠慮にマイクを突きつけられて、教授はやっと重苦しい声でしゃべりだした。

「私は、法学部教授会を代表してここへ来ているわけですから、個人的な意見を言える立場にはないのです……しかしあえて個人的な見解を述べれば、私は今度の学費値上げには反対です」

大講堂いっぱいに響いたのは、不思議にも共感の歓声ではなく、唸るような怒りだった。

「口先だけで進歩的なことを言ったって、騙されないぞおー」

「行動で示せ！　行動でえ」

これでは教授も割に合わないだろうと思いつつも、演壇上で自ら発した言葉の迂闊さに呆然と立ちつくしている姿は、やはりわたしには色褪せて見えた。

次にやり玉にあがったのは、文学部社会学科の教授だった。わたしもこの教授とはゼミで何度も話したことがあるし、その学問には信頼を寄せていた。

「私は決して学費値上げには賛成ではありません。しかし、学費値上げ反対のために君たちによってストライキが一方的に行われ、授業ができないということは、これは学問に携わる者として許し難いことです。私は、はっきり言ってこのストライキを解くために機動隊導入もやむをえないと考えています」

ゴオーと音を立てて学生たちの怒りが、演壇上へなだれ込んでいった。

「それでもあんた、労働問題を教えている教授かあ！　今まで俺たちに教えていたあれは、なんだったんだよお！　机上の空論だったのかあ！」

顔を真っ赤にして仁王立ちになり、本気で怒っている学生は、クラスメートだった。この教授に傾倒し、講義が終わってからも、先生、先生と質問を何度も浴びせかけていた姿は、爽やかな印象として、わたしの記憶に残っていた。

わたしにもこの教授との思い出があった。あれはメーデーの日だった。講義内容に対する質問をしようと、エレベーターの前で待ち構えていると、教授がそそくさとやって来た。ひと目でおろしたてとわかる白い運動靴をはき、腰にはタオルをぶら下げて、教授はかなり急いでいる様子だった。

「先生、質問があるんですけど」

教授は苦虫をかみつぶしたような顔で、わたしをジロリと見た。

「ちょっと、これからメーデーに出るんだ。忙しいから今度にしてくれ」

身体はここにあっても、気持はほかにあるような、ひどく慌てた様子で、教授は開いたエレベーターの中へ飛び込むようにして入ってしまった。あの時、半ば唖然としながらも、子どものように夢中になってメーデーの集会に間に合おうとしている教授に対して、わたしは優しい気持で微笑んでいた。でも、あの時の教授のメーデーも、体制の中のメーデーでしかなかったのだろうか。

顔を真っ赤にして激怒しているクラスメートの心中を察して、わたしもまた泣きたいような気分になっていた。

「では最後に総長、ここまでこじれてしまった学費値上げを、それでもあくまでやるつもりなのかどうか、答えてください」

総長は鋭い目を相変わらず学生たちに注いだまま、しかし口元は頑強に固く閉ざして動かそうともしない。

「総長は、いつもこういった団交では何もおっしゃらない。ひと言くらい、僕たちに対して誠意ある語りかけをされてもいいと思うんですが」

トレードマークの詰襟の学生服が、明石伸介の誠実な言動によく似合っていた。

「そうだ、そうだ！」

「総長――、どんな声をしているのか聞かせてえ――」

わたしの周辺で失笑が起こった。

「でもよお、総長も大したもんだよなあ。始めから終わりまで、態度が一貫しているもんな。主義主張は違っても、人間ああじゃなけりゃあいけないよ。その場その場でコロコロ変わるやつなんて、信用できねえもんな」

「そうだなあ。法学部部長なんかよりも、ずっとすっきりしているよな」

わたしは背後でそんなことを話している学生を振り返って、思わず笑った。確かに頑固一点張りの総長には、変な魅力があった。学生たちの意識は単純ではない。総長にスポットライトが当たると、パラパラと拍手が起こったり、明るい笑いが聞こえたりする。これは一種の人気のようなものだとわたしは思った。

「総長、なんとか言ってください」

明石伸介は、黙り込んでいる総長へ、さらに詰め寄っていく。

「君たちねえ、総長はお身体の具合が悪いんだよ。もう長時間、ここに座っておられるんだ。少し休憩時間を設けてくれないかなあ」

横からねっとりとした声で口を出したのは学生部部長だった。

「あなたは少ししゃべり過ぎですよ。今は総長に訊ねているんですから、ちょっと黙っていてください」

「もうひと言、これで何もしゃべらないから、もうひと言だけしゃべらせてくれないかなあ」

学生たちの間にまたしても失笑が起こった。

「あとでゆっくり聞きますから、ちょっと座っててくれませんか」

「そうは言ってもねえ。今度の件に関しては学生部部長である私にも、大いに責任があるわけですからねえ。大学と学生とのパイプ役であるはずの学生部がですねえ、非常に怠慢だった。この点は大いに反省しているんですよ。だから君たちの――」

「あなたもわからない人ですね。今や事態はそんな段階ではないんですよ。僕たちは――」

「いや、わかっていますよ。わかっているんですがねえ、私は君たちに――」

学生部部長の粘着質な口調は、学生たちの理論の隙間をするりと抜けて、情の部分に入り込もうとしている。

「学生部部長もタフだなあ。よく粘るなあ」

わたしの隣にいた学生が、感心したように言う。学費値上げが決まってからというもの、いつも前面に出てきて、滔々としゃべりまくるのは、この学生部部長だった。

「知ってるか。あの先生、スタミナつけるために、毎晩鰻の肝を食ってるって話だぜ」

「毎晩かあ？」

学生たちが語るそんなこぼれ話も、ねっとりとした口調で執拗に話しまくる学生部部長を見ていると、なるほどとうなずける。

突然、演壇上が騒がしくなって、教授たちが顔を寄せあい何やら相談を始めた。学生たちは息を詰めて演壇上を見つめている。

マイクを取ったのは法学部教授だった。

「君たちの気持は充分に汲み取れたつもりです。私たちはこれから教授会を開き、学費値上げ問題に関してもう一度検討してみたいと思います。今少し時間をください」

「うまいこと言って、機動隊を呼ぶんだろう！」

「逃げる気かあ」

「騙されないぞお」

しかし全学共闘委員会は、疑惑に駆られて叫びをあげる学生たちの声を抑えてなだめ、教授の提案をのんだ。

「ただし、時間は今夜九時までです。九時まで僕たちは待ちます。約束を守っていただけますね」

時計はその時、四時を少し回っていた。

いよいよ来るべき時が来る。学生たちの緊張は頂点に達していた。しかしその土壇場で、あれほど結束の固かった四年生連絡会議が、真っ二つに割れた。

ヘルメットや角材の点検をし、どれだけの石を集められるかと、具体的な戦術を話しあっていた真っ最中、突然、瀬川竜介が立ちあがって静かに話しはじめた。

「ここまで来ればもう充分です。四連会は実によくやったと思います。僕たちのような、右も左もわからない三役に、よくここまでついて来てくれたと、本当に感謝しています」

「しかし、もうこれ以上、四連会として最後の最後までみんなを引きずっていく自信が僕にはありません。最後まで引っ張っていくということは、みんなの未来までもを引きずり込んでいくことになるからです。四連会は一応ここで解散し、あとは個人の意志によって学費闘争へ関わってもらいたい。これが僕の方針です。もちろん僕個人は、とことんまでやる覚悟です」

わたしには瀬川の言いたいことがしばらくのみ込めなかった。

「それはないだろう、瀬川さん。今さら逃げないでくれよ」

「そうですよ。個人で参加するのと、四連会として参加するのとでは、まったく意味が違いますからね」

案の定、瀬川は矢継ぎ早に、皆の反撃に遭った。

「俺たちは四連会を信頼してここまで来たんだぜ。最後まで戦い抜くという意志があるから、ここまで来たんだ。この闘争を戦い抜かなければ、本当の意味で俺たちの未来はないと信じたからここまで来たんだ。長いものに巻かれろ式の、権力の顔色をいつも窺っているような、そんな惨めな人生を送りたくないと思ったから、社会へ出ていくその出発点から、人間であることを取り戻そうとしたんだ。今さら、何を言っているんだよぉ」

興奮した口調で、一人の学生が叫ぶ。俯いたまま、机の上についた瀬川の両腕は、力が入って、ブルブル震えていた。

「俺はこう思うんだよ。四連会のスローガンは、闘いながら断固卒業するだった。その点から言えば、ここで解散というのは当然だよな」

それが賛同者の声だった。瀬川が投げた石は、たちまち四連会に大論争を巻き起こした。

「ちょっと待ってくれよ。瀬川さんの意見はそれでわかった。黒沢と五十嵐はどうなんだ。今のは三役としての意見なのか？」

五十嵐利男は腕組みをしたまま、床の一点をじっと見つめていた。黒沢哲は、持っていた鉛筆で、トントンと机の上を軽く叩きながら、目だけはまるで学生たちの言動を観察するかのように、ぬかりなく動かしていた。

「これは、あくまでも僕個人の意見です」

そう言った瀬川の声は、押しつぶしたように低い。

「いや、僕も瀬川さんと同じようなことを考えていたんだ」

五十嵐が腕組みをしていた手をほどいて、自分自身に言い聞かせるような低い声でつぶやいた。

「黒沢、お前は？」

しかし、さすが森三郎が、戦術のうまさに太鼓判を押しただけのことはある。黒沢は即答を避けた。彼は苦りきった顔で言った。

「これから三役でよく話してみたいんだ。そのあとで、三役の意見として方針を出すということでどうだろう」


それから三役が戻ってくるまでの一時間、わたしたちは緊張して待った。四連会の出入口にたむろしていた学生たちをかき分けるようにして三役が戻ってきた時、待っていた学生たちは一瞬息をのんで沈黙した。瀬川竜介も五十嵐利男も、目を真っ赤に泣き腫らしていたからだ。でもすぐに学生たちは、まるでその場のセンチメンタルな雰囲気に抵抗するように強く、三役に回答を迫った。その場の濡れた雰囲気を充分承知しながら、学生たちはあえてそれを無視して、理性的に、理論的に、クールに話しあおうとしていた。

今、このクールさにクールさを以て応えられるのは、黒沢哲ただ一人だった。

「私個人としては、最後まで四連会として闘い抜くべきだと思っています。しかし三役としてこれ以上いくら話しあってみても結論が出せなかった。結局、三役は四連会の採決に従う。この線で納得しあいました」

決断は、一人一人の意志の結集に任せられた。そして四年生連絡会議は、当初の出発点から大きく逸脱して、たとえ機動隊が入っても、留置所へぶち込まれても、そのために卒業できなくても、最後の最後まで四連会として闘い抜こうという意志を確認しあった。

大学当局はその夜、総長の辞任を発表し、直後、全学共闘委員会宛てに文書で、今年度は学費値上げをしないと通達した。

しかし三年も続けてストライキを決行し、大学が打つ手の内を充分知り尽くしていた学生たちは、この欺瞞をすぐに見抜いた。今年値上げされなくても、来年値上げになれば、また一からやりなおしのストライキになるだろう。大学側は、苦し紛れに、その場しのぎに、卒業と入学を円滑に行うため値上げを一年延ばそうとしているに過ぎない。白紙撤回まで闘おう。学生たちの意志は、乱れることなく、学費値上げ白紙撤回へと固まっていった。

一日おいた翌日の夜、もう九時半を回っていた。それでも大講堂にあふれるように結集した約四千人の学生たちは、誰一人帰ろうとしない。朝から団交という形で大学当局との不毛な論争が繰り返され、再び理事会と教授会に諮ってから九時に最終回答を出すというパターンは、二日前とまったく同じだった。九時を過ぎた頃、理事会の意見が未だに一致しないから、もう少し待って欲しいという伝令が入り、学生たちの気持を不安にさせた。

それでも逃げ出す者は一人もいない。来るなら来てみろ機動隊。思わず力が入って握りしめるわたしの手のひらに、じっとりと汗が滲んだ。

十時過ぎ。総長代行を先頭に、学長、各学部部長が一人ずつ演壇へ上がってきた。心なしか教授たちの顔が蒼ざめて見える。

総長代行はそのまま真っすぐマイクの前へ進み出て、白い紙をゆっくり広げた。

「発表いたします」

学生たちは一斉に固唾をのみ、息を殺して待った。重い四千人の沈黙が、鋭くただ一点に集中した。

「理事会と教授会は学費改定の白紙撤回を決定いたしました。緊急事態を速やかに解いて、平常事態に戻してください」

総長代行は声を絞り出すようにして、一気にそう言った。そのとたん、人の声とは思えないようなウオーという歓声があがり、場内の学生たちは全員総立ちとなった。大講堂を怒濤のような拍手が押し寄せて、さらに激しく返っていった。その拍手の轟く中で、固く抱きあう者、両手を広げて万歳する者、顔中泣き笑いでクシャクシャにして学友の肩を叩く者。二階からは華やかな紙吹雪が舞い、大講堂はすべての緊張が解けて、狂ったような歓声に包まれた。色とりどりのへルメット、色とりどりの旗のゆらめくその喜びの中で、わたしは椅子から立ちあがることができなかった。膝がガクガクと震え、涙が止めどもなく頬を伝わって落ちてきた。

わたしはこの闘争で何かをつかんだのだろうか。わたしは椅子に座り込んだまま自問自答を繰り返していた。卒業はとっくの昔に諦め、官憲との対決で死ぬかもしれないと本気で思い、用意は万事整っていたのだ。それなのにその覚悟の行き場を失って、気が抜けてしまったのかもしれない。

「バリケードを速やかに解いてください」

学生たちの歓声をかき分けるようにして、学生部部長が訴えた。しかしその時、全学共闘委員長の明石伸介が、厳しい表情でマイクを握った。そして眉間にしわを寄せ、学生の処分問題について迫った。

「本日、直ちにバリケードを撤去すれば、責任を持って、処分者は出しません」

新たな拍手が、またしても大講堂に鳴り響いた。その拍手の鳴りやむのを待って、さらに明石伸介は、総長代行へ迫っていく。

「白紙撤回の理由を、理由を聞かせてください」

あの冷静で理論的なアジテーションを得意とする明石伸介の声は、しかし今、大講堂の狂気に似た歓声を抑えきれずに、上ずっている。

「卒業試験、入学試験を控え、それらを円滑に行うためです」

もはや総長代行と明石伸介のやり取りを聞いている学生はほとんどいなかった。

――ああ、インターナショナル、我らがものお――

大講堂は熱をおびたように歌いはじめた。

――立て、飢えたる者よ、今ぞ日は近し――

「違う、違うんだ！　違うじゃないかあ」

演壇の中央に出て、明石伸介が叫ぶ。マイクを握りしめ、必死に叫ぶ。

そう、違うのだ。白紙撤回の理由は、大学の経営のあり方、学問のあり方に対する大学側の厳しい自己批判でなければならないはずだった。白紙撤回は決してあり得ないとの前提に立ったからこそ、学費闘争は単なる物取り闘争としてではなく、理念闘争にまで高められていったはずだった。この学費闘争は、ただ一点〈人間が人間らしく生きるとは何か〉から掘り起こされていったはずだった。その地点で大学側が折れなければ、決して勝利とは言えない。この闘争の真の目的は、単に白紙撤回させることではなかった。大学そのもののあり方を変えることであったはずだ。

「違う、違うんだ。違うじゃないかあ」

だが、必死で叫ぶ明石伸介の声は、インターナショナルの大合唱の中へ、唸るような歓声と、舞い落ちる紙吹雪の中へ、見事にかき消されていった。精も根も使い果たして、演壇上の椅子に崩れるように座り込んだ教授たちを置き去りにして、マイクを握って叫ぶ明石伸介をも孤立させて、四千人の大観衆は、歌うことに酔い、歌うことでさらに高揚していった。

両隣の学生が、座り込んでいるわたしの両腕を持ちあげるようにして強引に立たせた。

彼らに両腕を支えられたまま、わたしは必死で森三郎を捜した。今までは、いつの間にかそばにいてくれたのに、今日はどうしたのだろう。彼の声を聞きたいと強く思った。

でも、わたしの両腕を捕えた学生の力は強く、ほどくことができない。彼らは大合唱に合せて、身体を左右にゆっくりゆらしはじめた。

——いざ闘わんいざ、奮い立ていざあ——

両隣の学生に身体を預けたまま、もう誰も止めることのできないエネルギーにのみ込まれるようにして、いつしかわたしも歌いはじめていた。大講堂の渦巻く熱気に陶酔さえ感じながら、泣き濡れた声で歌いはじめていた。

——暴虐の雲、光をおおい、敵の嵐は荒れ狂う、ひるまず進め、われらが友よ——

凍てつくような夜の学生街の坂道を、今度はワルシャワ労働歌の大合唱が、ゆっくりと酔いしれたように下っていった。

雪はもう、降りそうにない。

エピローグ

ほとんど眠らないままに朝が来た。コーヒーを淹れようと、リビングへ行くと、亜由美はすでに起きてテーブルに座っていた。原稿を前にして、頬杖をついている亜由美の表情を窺いながら、わたしはさり気なさを装って声をかけた。

「コーヒー飲む？」

「うん、ブラックでお願い」

コーヒーメーカーにペーパーをセットした。達郎の好きだったブルーマウンテンにしよう。

コーヒーの香りが漂いはじめても、コーヒーカップを前にしても、なかなか会話が始まらない。

わたしはゆっくりコーヒーを飲みながら、亜由美が口を開くのを待った。

亜由美は大きく息を吸った。

「ああ、この香り。お父さんの匂いだね」

柔らかい亜由美の声に安堵した。

「学生運動って、陰惨なイメージがあるけど、けっこう明るかったのね」

「そうね。明るかったし、今思えば楽しかったなあ」

コーヒーを飲みながら、亜由美は次の言葉を探しあぐねているようだった。

「わたしたちが卒業したあと、大学紛争はどんどんエスカレートしていったの。東大安田講堂落城事件や日航機よど号ハイジャック事件までは、わたしもテレビの前で応援していた。あなたにおっぱいを飲ませながらね」

亜由美は横を向いて窓の外へ目を移した。

「でもね、連合赤軍のあさま山荘事件って知っているでしょう?」

「仲間を何人もリンチして殺害した事件ね」

「そう。あの事件を境に、学生運動に見切りをつけた人はたくさんいたわ。わたしもそうだけれど……」

「ちょっと、トイレ」

亜由美が突然立ちあがった。

彼女はトイレの中で、心を決めてきたのかもしれない。戻ってくると、さり気なく訊いてきた。

「森三郎さんなのね。お父さんは」

わたしは黙ってうなずいた。

「それで、別れちゃったの?」

少しの間をおいて、わたしは一気に言った。

「亡くなったのよ。バイク事故で」

「えっ！」

「学費闘争が終わってから、彼は大阪に帰省したの。目撃者の話では、家の近くでバイクに乗っていてカーブを曲がった時、猫が目の前を横切ったんですって。それを避けようとして、転倒して……ほとんど即死だったみたい。よく知ってる道だったそうよ……」

「猫が……」

亜由美は、原稿をパラパラとめくりながら、ため息をついた。

「優しい人だったんだね」

「でも、何も猫と自分の命を引き換えにしなくてもいいのにね。猫なんだもの。迷わず轢けばよかったのよ。彼らしくないわ」

もう何十年も前に慟哭したあの時の激しい思いには、悲しみよりも怒りがあった。怒りの感情にすがりつくことでしか、わたしは自分を保つことができなかった。

「森さんは、私のこと知ってたの？」

「ごめんね。あなたがお腹にいることを知ったのは、事故から一カ月も経った頃だったの」

「そうかあ」

亜由美は意外とさばさばした口調で、コーヒーを飲み干した。

「この作品の中でね、森三郎だけは本名なの」

「えっ？」

亜由美が目を見張った。

「彼への鎮魂の祈りを込めて、本名にしたの」

長い沈黙のあと、亜由美は思いついたように言った。

「東條美津子さんって、紗栄子小母《おば》さんのことでしょう？」

「そうね、フィクションだから、いろいろな人が混在しているけれど……彼のお葬式には、紗栄子と一緒に行ったわ」

あの時、あまりにも重い現実に耐えられなくて、わたしは葬儀のあと、紗栄子にすべてを打ち明けた。彼女の実家の彼女の部屋で、紗栄子は何も言わず、ずっとわたしを抱きしめてくれた。

生理がこないと紗栄子に相談した時も、

『産むか産まないかは、あなたが決めなさい。どちらを選択しても、わたしは力になるから』

と言って、産婦人科に付き添ってくれた。

「でもね、産むことを強く勧めてくれたのは、達郎さんなのよ」

「お父さんが？」

「達郎さんとは小学校、中学校、高校の同級生だったでしょう？　お祭りの縁日で偶然会ったの」

「ああ、横浜の浅間神社のお祭りね。私も毎年あの縁日が楽しみだった」

「あの時のわたしは、なんだか放っておけない様子だったらしいの。だから飲みに行こうって誘ったんですって。確かに中絶できる期限が迫っていたのよね」

なぜ達郎に何もかも話す気になったのだろう。

彼が小学校、中学校、高校と、ずっとわたしに思いを寄せていてくれたことは、知っていた。年一回の同窓会にもお互い大抵出席していたから、幼馴染という甘えがあったのかもしれない。いや、たぶんわたしは話すことで決意したかったのだ。達郎は一切口を挟まずに、最後まで、ただただ聞いていてくれた。

『産めば。産みなよ』

それが唐突な達郎のプロポーズだった。

「なんだか、安っぽいドラマみたい」

亜由美は、あきれたように笑った。

「紗栄子にも言われたわ。『手近なところですませたのね』って。でも、達郎さんに会ってくれて、『なかなかいい男じゃないの。うん、あなたには森君より合ってるかも』って、祝福してくれたの」

しばらく黙っていた亜由美だったが、いきなり立ちあがって和室へ行き、達郎の遺影の前に正座して手を合わせた。長い長い祈りだった。

その背中に声をかけることができずに、わたしは冷めてしまったコーヒーを口に運んだ。

『ちゃんと覚えておいてくれよ』

ふいに、初めて身体を重ねた時の森三郎の言葉が蘇《よみがえ》った。

(森君、あなたのこと、亜由美に伝えたよ。ちゃんと伝えたから……)


どれくらいの時間が経ったのだろう。

「お母さん、今日は子どもたちの保護者会があるの。昼前に帰るけど大丈夫?」

外からゴミ収集車の奏でるオルゴールのメロディーが聞こえてきた。

そう、これからまた日常が始まるのだ。

「大丈夫よ」

わたしは小さくうなずいて立ちあがった。

解説　束の間の青空へ

山田文夫

中村桂子さんの『とても陽気な胸騒ぎ』（沖積舎）が上梓されたのは一九八七年、昭和で言えば六十二年のことである。そして平成の三十年を飛び越え、令和元年の今、二〇一九年、本書『学生たちの牧歌　1967-1968』が、中村さんの文学の集大成として刊行される。

私も会員だった中央大学ペンクラブの時代から、実に半世紀を超える息の長い、着実な歩みに驚嘆する。そして、この中村さんの長い歩みを俯瞰するために、前作の『とても陽気な胸騒ぎ』も視野に入れながら、その到達点としての『学生たちの牧歌　1967-1968』を中心に論じていきたい。

『とても陽気な胸騒ぎ』は、解説の川村湊氏が「可愛くて、怖い女」と評した、主に既婚女性が主人公の物語である。本書所収の「どしゃ降り」「厄年」は言わば、その「可愛くて、怖い女」の前史に位置づけられ、「足の記憶」は時を経た後年の話とも言えよう。このように本書を『とても陽気な胸騒ぎ』から通読すると、驚かされることも多い。

川村氏は『とても陽気な胸騒ぎ』の主人公たちを、「男性社会に寄生」し、そこからの独立や家の破壊といった気構えなど「もともとない」「普通の平凡な女性」と見、生活や家庭が「ふわふわした、夢の繊維で出来ている」ような「時代性」に注目していた。しかし、三十数年を経た今、あらためて中村作品を俯瞰すると、川村氏の視点に多少の修正を加える必要があることに気づく。

確かに『とても陽気な胸騒ぎ』の主人公たちはいつも、文字どおり「胸騒ぎ」を感じていたし、そのためには犠牲も厭わず、ある種無鉄砲なのだが、しかしその深層に私は、ある種の「確信犯」的な開き直りと、ふてぶてしさを見たのである。それは一言で言えば「私は私」というキーワードであり、常に「胸騒ぎ」を感じていたい「私」への強烈な自己愛である。十代から大学、そして家庭を巡り、最終的に「足の記憶」へとたどり着いた、その円環を閉じるかのようなこの小説集『学生たちの牧歌　１９６７‐１９６８』の作品群の奥深い怖さを今、私は感じている。

本書収録作品の中でもやや異色なのが「義父の選択」だが、やはりキーワードは「私は私」で、まさに筋が通されている。ユーモラスに語られてはいるが、「俺は俺」を貫いた義父の頑固さ、そして死にざまに、主人公は自らと同質の「私は私」を見て、密かに強い共感を得ていたのではないか。中村作品に一貫して流れているものは、変わらない。

中村作品の主人公たちを半世紀以上見てきて抱く印象は、常に「風に向かって立つ」という姿勢である。一見するとさまざまなものに翻弄され、巻き込まれ、振り回されているのだが、「核」の部分では実にしぶとく「私は私」を貫き、流されることなく、顔を背けることなく、風に向かって立っているのである。

本書の表題となった「学生たちの牧歌　1967‐1968」は、文字どおり一九六七年から翌六八年当時の、いわゆる「全共闘」運動渦中の物語である。舞台は「C大」となっているが、まさに中央大学の学費闘争に取材した内容で、中村さんの作品では珍しく時期が特定されており、「ペンクラブ」も実名で登場する。これは、当時そこで実際に起きたことを、伝え残したいという、作者の強い思いが採らせた手法であろう。

構成としては、闘争後三十年の夫の死を契機に、娘に当時そこで実際に起きたことを題材にした小説を読ませて思いを伝える、という入れ籠のスタイルになっている。主人公から娘へ、世代を超えた「思い」の継承であり、逃げずに当時の状況を受け容れた、作者の強さを感じる。

入れ籠の核となる小説中小説は、一九六七年の春から始まり、夏、秋、冬と四季を巡る。その一年の中で、平凡な学生だった主人公が、さまざまな運動や活動家らに触れ、「ノンセクトラジカル」へと脱皮していく「成長物語」となっている。

闘争の最終局面、学費値上げの白紙撤回を勝ち取った喜びと興奮に学生たちが沸く中、なぜ自治会委員長は「違う」と叫んだのか。違和感を漂わせながらも、なぜ主人公は「もう誰も止めることのできないエネルギーにのみ込まれるようにして、いつしか」インターナショナルを「大講堂の渦巻く熱気に陶酔さえ感じながら、泣き濡れた声で歌いはじめ」たのか。勝利の瞬間を引き裂くようなこの「ねじれ」の場面は、今日的には多少の解説が必要かもしれない。

本作品のクライマックスとして露わになる「ねじれ」の一つは、主人公の一年間の成長との対比で述べることができよう。すなわち、主人公を取り巻き、勝利にただ陶酔するだけの学生たちは、言わば一年前の主人公自身の姿なのである。また、自治会委員長の「ねじれ」とは、闘争を勝利のうちに終結させなければならない自身の立場と、闘争を継続し、バリケードを拠点として残したい党派の立場の狭間に生じたものなのである。

実際に中大学費闘争の最終局面では、上層の指導部からは「大衆団交」を拒否し、七〇年安保までバリケードを死守せよとの方針が自治会多数派の党派に出されていた。しかしこの方針は集会で、多数のノンセクトラジカルや他党派に否決され、団交で妥結に至った。

本作品は、当時そこで実際に起きた「ねじれ」の中での、「私は私」たり得るか否かの物語であり、あの状況の全てを見届けたいという信念を描いた物語でもある。自分をある党派や立場に染めるほうが楽なのに、それを拒絶して無色であろうとした主人公の強さが感じられるのである。

一九六七年から六八年の「全共闘」運動の高揚は、まさに驚異的であった。六〇年安保以後低迷し、首都東京でさえデモや集会が数百人規模だった学生運動が、早稲田闘争を契機に、いっぺんに、爆発的に、万単位に拡大したのである。理由の一つとしては、自分の大学の「学費」などテーマがより身近な問題だったことが挙げられるが、最大の要因は闘争形態の転換であろう。それはつまり、活き活きとした明るい闘争が生み出されたことである。この闘争形態の転換こそが、本作品のテーマである。

しかしこう書くと、多くの読者から、「明るい闘争」など何を馬鹿なことを言っているのだと非難されるかもしれない。連合赤軍の「総括」や内ゲバの殺し合いなどのどこが「明るい」のか？「全共闘」運動はその出発点ではないか？云々と。

本作品を通して作者が最も言いたかったのは、実にこの点なのである。連合赤軍や内ゲバの悲惨な事件とは異なる、活き活きとして、輝いていた闘争の日々が、確かにあったこと。そして、それがあっという間に崩れ去り、あった現実さえ否定されたことへの渾身の抗議。本作品は、まさにその小説化なのである。

時代は異なるが、たとえば柴田翔の『されどわれらが日々』以後、学生運動を描いた小説は「裏切られた」「傷つけ合った」というような暗いトーンのものばかりであった。もちろんそれらも一面の事実を伝えてはいるが、当時の学生運動の全てとは言えない。多くの場合、運動の契機は、正義感や使命感、あるいは義憤といったものになるだろうが、しかしそれだけで何万もの学生が多くの危険も顧みず、自らの将来まで懸けて、闘争に立ち上がるだろうか？あの爆発的な高揚は、明らかにそれまでの運動とは異なる、「全共闘」そのものの魅力抜きには語れないのである。

本作品に活写される、一九六七年から六八年にかけての四季を通じ、主人公が自己変革する様子は、学生運動の中で見えなかったものが見えるようになり、また、他者との連帯を実感することで達成されていく。描かれるのは、もちろん綺麗ごとだけではない、生々しいものである。しかし混乱や対立があっても、本作品に登場する学生活動家たちは皆、活き活きとした「人間」であり、決して後述するような「ロボット」ではない。異なる党派の人間も、対立しながら共闘し、何よりノンセクトラジカルと呼ばれた学生層がしっかり運動を支え、そこには厳しさとともに開放感が溢れていた。しかも、作中描かれるように、原則に忠実にクラスオルグなどを積み重ね、また学生証を集約することで結束を固める戦術のような創意工夫が、上の指導部による一方的な指示ではなく、現場の横のつながり、連帯から産み出されていることにも注目したい。このように自分自身も変革され、開放される場としての「全共闘」があり、ゆえにあれだけ多くの学生が立ち上がり、参加したのである。

一般的には、新左翼各派と全共闘はほとんど同一視された。事実、闘争においては同一歩調を採ることがほとんどであった。しかし、本質的に相容れない部分があり、それが、爆発的高揚のあとの、急激な衰退と、連合赤軍事件および内ゲバにつながったのである。

「全共闘」運動は、個別課題闘争型であり、勝利が目的で、参加は各個人の自発性によった。自己責任で立ち上がり、そして撤退する運動であった。連帯を重視するが、必ずしも指導部の命令を負うものではなかった。対して党派は、革命達成を究極の目標とし、そのための組織・拠点づくりが重視され、個人は常に前衛指導部の方針と命令で動き、原則として撤退は許されなかった。つまり、前者が「横」の運動であるのに対し、後者は「縦」の運動であった。とはいえ、まさに一九六七年から六八年にかけては、両者が交差し、蜜月が存在した。そこには一瞬の高揚と、束の間の青空が見えた。

本作品における学生運動の描写は、前述の「ねじれ」で終わっているが、「横」の運動と「縦」の運動の本質的な対立は、やがて学生運動そのものの崩壊へとつながっていく。一九六九年以降、全共闘運動が下降局面に入ると、党派は戦術の極左化と組織防衛に走り、「全共闘」は各党派の活動家の「草刈り場」となった。また「自己否定」など観念的傾向もあって、広範な学生層の離反が起き、ノンセクトの運動からの撤退といった負のスパイラルが始まった。以後は坂道を転がり落ちるように、あっという間に、内ゲバ殺人と連合赤軍事件にたどり着く。その後の「左翼」については、もう語るべき言葉すらないが、一九六七年から六八年当時の闘いは、苦しいことばかりではあったが、確かな熱量をともなう連帯感と明るさがあった。あの青空のような闘いを、なぜ残せなかったのか、可能性はなかったのだろうかとの思いは、今も残る。

私事で恐縮だが、一九六七年の第二次羽田闘争で重傷を負いながらも何とか生き延び、七〇年に社会人となった時、生涯続けられる、緩い全共闘のような、個人の自立と他者との連帯を促す運動体を、言わば志の受け皿として自分は求めていた。反戦青年委員会や救援会を模索していたが、当時はそういう部分まで党派による色づけや分断が進んでおり、結局実現できなかった。

全共闘運動に参加したあれだけ多くの人間が、その志を継続する受け皿もなく、運動の高揚とその後の悲惨な結末の、余りの落差に口をつぐみ、目を逸らしてきた。党派の存在と役割を全否定するつもりはないが、党派が求めるものを極論すると、「指導部に盲従して何も疑わず考えず実行する兵士」と「黙って機関紙をとり、カンパに応ずるシンパ」だけではなかったか。内ゲバや連合赤軍事件に眉をひそめる人は多いが、彼らだけが特殊なのではなく、党派の論理を究極に推し進めた結果なのである。

それにしても、連合赤軍事件で頻発した「共産主義化された兵士」とは一体何だったのか。要するに「ロボット」だったのではないのか。人間の解放をめざした運動の到達点がこれでは、救いがなさすぎる。むしろ「全共闘」運動に近かったのは、次の言葉のように私は思うのである。

「理想は運動の前方にあるのではない。運動そのもののなかにある」（大杉栄）

この五十年余、快適で便利な生活と引き換えに、多くの希望が失われるのを、我々は見てきた。世界中で戦火は止むことなく、国家間の対立は激化し、政権交代は無残な結果となり、労働組合組織率は今や一七パーセント、一体、我々は、何をしてきたのだろうか。

あの時、多くの若者が流した汗と涙、そして血は、どこへ行ってしまったのか。忸怩《じくじ》たる思い、全てが無駄だったのかという苦い思いが、この五十年を振り返るたびに込み上げてくる。

しかし「絶望の虚妄なるは、希望の虚妄なるに等しい」と魯迅は言った。我々が今すべきは、現実に絶望したり、失われた希望を回顧することではなく、世代を超えて希望を語り継ぐことではないのか。希望ある限り、あの輝かしく明るい日々が、いつか蘇ると信じたい。

本作品の最後に主人公は言う。

「そう、これからまた日常が始まるのだ」

中村桂子　なかむら けいこ
一九四五年十二月五日に岐阜県高山市で生まれ、神奈川県横浜市で育つ。六八年、中央大学文学部社会学専攻課程修了。玩具店、出版社を経て業界新聞社に勤め、七〇年、結婚を機に退職。八七年、『とても陽気な胸騒ぎ』（沖積舎）を刊行。同人誌「白門文学」「点影」「とらんす」「公園」「ＭＡＧＭＡ」に携わり、現在は「朝」の同人。二人の娘の母で、二人の孫を持つ。

＊　＊　＊

初出

どしゃ降り	白門文学	四二号	一九六四年一一月
厄年	白門文学	四四号	一九六五年一〇月
足の記憶	朝	三〇号	二〇一一年　二月
義父の選択	朝	二三号	二〇〇五年　九月
学生たちの牧歌　１９６７－１９６８	朝	三六号	二〇一六年　九月

中村桂子小説集
学生たちの牧歌《ぼっか》 1967-1968

二〇一九年九月一日 第一刷発行

著　者 中村桂子
発行者 田尻 勉
発行所 幻戯書房
郵便番号一〇一-〇〇五二
東京都千代田区神田小川町三-十二
電　話 〇三-五二八三-三九三四
FAX 〇三-五二八三-三九三五
URL http://www.genki-shobou.co.jp/
印刷・製本 美研プリンティング

ISBN978-4-86488-177-7 C0093

妻の死　加賀乙彦自選短編小説集

ぼくは自分の少年時代を殺して生きのびた……齢九十。暗い暗い穴の底へ。芥川賞候補作の「くさびら譚」から単行本未収録の「熊」「妻の死」まで、現実を凌駕する試みとしての12編。「短編は長編のまわりを彩る小さな光のように私には見える」。付録＝随筆「長編小説執筆の頃」。卒寿記念出版。 3,200円

岬　柴田 翔

待つことを知る者には、全てが与えられる――戦時下の小学生。東京五輪間近、ドイツ留学に躊躇する研究者。岬の上に住む一家。自然のままに生きた弟。円熟深まる柴田文学が描く、20世紀を生きた人々の物語。話題をよんだ長篇『地蔵千年、花百年』に続く、半世紀の時を経て書き継がれた中短篇集。 2,200円

晴れた空 曇った顔　私の文学散歩　安岡章太郎

太宰治、井伏鱒二、志賀直哉、永井荷風、芥川龍之介、島崎藤村、内田百閒、梶井基次郎、そして中上健次まで――山形、弘前、広島県深安郡加茂村、枕崎、坊津、種子島、京都、リヨン、隅田川、木曾路、岡山、駿河台の山の上ホテル、身延山、熊野路を巡る、作家たちを育んだ風土との対話12篇。 2,500円

おとぎ電車はどこへゆく　佐藤光直

俺にしかできない仕事がある、とは一度も思ったことがない――モツ焼屋、銭湯、カメラマン、ディベロッパー。ひとりの男が仕事を遍歴し、家族のあり方を見つめるなかで沁み出す、人生の哀歌。高度成長期からバブルを経て今日まで、仕事と家庭の間で揺れ動く人びとの「時の落とし物」を描いた連作小説。 1,600円

マスコミ漂流記　野坂昭如

銀河叢書　焼跡闇市派の昭和30年代×戦後メディアの群雄の記録。セクシーピンク、ハトヤ、おもちゃのチャチャチャ、漫才師、CMタレント、プレイボーイ、女は人類ではない、そして「エロ事師たち」。TV草創期を描く自伝的エッセイ、初書籍化。生前最後の単行本。解説＝村上玄一 2,800円

天馬漂白　眞鍋呉夫

いやはや生きる術のふらりと拙し……敗戦後の狂瀾怒濤時代、盟友・檀一雄との交流を軸に、太宰治、五味康祐、保田與重郎らが躍動する、文学に渇した若き無頼の群像。当時の文芸誌、同人誌の息吹も伝える、文壇の青春の記録。表題作ほか２篇収録の、生前最後の小説集。 2,800円
